फ्लॉवर गर्ल

(एक रोमांटिक नॉवेल)

लेखक

तरुण कुमार वाही

RATHORE

Rathore Publishers & Distributors

Ghaziabad

प्रथम संस्करण 2016
राठौर पब्लिशर्स, दिल्ली

ISBN: 978-93-85493-52-2

यह एक काल्पनिक रचना है। सभी व्यक्तियों के नाम, चरित्र, जगहों के नाम तथा घटनायें या तो काल्पनिक हैं या काल्पनिक संदर्भ में उपयुक्त हैं, किसी भी जीवित या मृत व्यक्ति, जगह या घटना में समानता एक सुयोग मात्र है।

इस पुस्तक में दिये गये सभी विचार एवं घटनायें लेखक द्वारा रची गई हैं। इसके लिये प्रकाशक उत्तरदायी नहीं है।

राठौर पब्लिशर्स एण्ड डिस्ट्रीब्यूटर्स
बेसमैन्ट 260, शक्तिखंड–III
इन्दिरापुरम, गाजियाबाद–201010 (उ.प्र.)
मो.: 09958828738
E-mail: rathorepublishers@gmail.com

Unknown number
Hi
Hi
who is this?
sir i'm simran...!
from radio Fm Bol
aapka naam jaan sakti hun?
main Adi...!
ये नाम सुना हुआ है!!!
oh! haan...film director aadi kapoor?
nahin, I'm a common man!
sir...आदि कपूर भी कॉमन मैन ही हैं.
wo celebrity hain-
celebrity bhi to ek common man hi hota hai
common man wo hota hai...
...जिसे कोई नहीं जानता!
जैसे मैं...
जैसे आप!
but sir aap mujhe nhin jante
लेकिन...
मैं आपको जानती हूं!
aap jaante hain sir ek sirf fon
nmbr se aapko...
kitne hjaaron ya fir laakhon log jaante hain
aapka data laakhon users ke
paas ho skta hai ?
agr main aapko nhin jaanti hoti

to fir fon pr goodsapp msg kyon karti?

☺☺☺

haan pr celebrity wo hota hai

jiska koi naam hota hai---

मेरा मतलब fame...प्रसिद्धि!

do you understand...what I'm saying??

jiska naam sunte hi aadmi kehta hai...

ya sochta hai ki main ise jaanta hun

sir lekin ek baat or bhi to hai...

hm usey..

...naam se jrur jaante hain

but sir vaise kahan jaante hain

aap bataiye

agr aap kisi aise celebrity ko jaante hain

to kya aap usse jaakr mil skte hain?

hmm

फोन पर ही बात कर सकते हैं?

ना!!

बिलकुल नहीं!

to fir aise logon ko main celebrity kyun maanun?

why sir...!

kisi ke celebrity hone ka hmen koi

fayda nhin hota!

aap mil kar dikahiye aise celebrity se...

hakikat saamne aa jayegi unke celebrity hone kii...

main nhin maanti

never
wo honge celebrity…
main to inhen bhi common man hi maanti hun
क्योंकि सर हम उन्हें नहीं जानते
जानकर भी नहीं...!
hmm!
main aapke liye ek common man...
mtlb girl ho sakti hun...
kyunki aap mujhe nhin jaante...but sir
aap mere liye nhin, kyunki main aapko janti hun...
aap se baaten kar rhi hun!!!!
aap celebrity
meri nigaahon mein ?
in sb baaton se bh jo hakikat hai
wo to nhin badlne waali...
or mujhe hairani hai ki hm
ye bahas kyon kar rahe hain?
why?
आपने मुझे msg क्यों किया?
बताइये
क्या काम है?
sorry sir! faltu kii bkbk shuru kar dii...
Radio jocky…RJ hun na sir…
रोजाना रेडियो पर ना जाने कितना बोलती हूं!,
...ab goodsapp pr bhi aadat sii ho gai hai
itna bolne kii कम बोलती हूं

तो काम नहीं चलता..!
9 se 5 sirf बकबक!
बकबक!
और सिर्फ बकबक!
haan pr is smay aap radio pr nhin ho!
mujhse kaam?
sr aapke insurance status jaanna chahti hun?
kmaal hai! तुम RJ हो या insurance agent?
RJ!!
to sath mein yh kaam bhi karti ho?
yes! Multitasking!
koi faayda nhin hoga
kyon sir
मुझे नहीं लेनी
aap married hain ya unmarried?
yh btaane ka faayda tb hai jb mujhe
aap mein intrest ho!
mujh mein nhin sr..
...policy mein! ?
haan wahi!
yh bataane mein to koi नुकसान nhin hai sr!
ek kahavat hai...jis गली nhin jaana
uske कोस kyon गिनें?
aap kii aavaaj se lgta hai ki aap married hain!
areey! kaha na
intrest nhin hai!
सर मैं कोई marriage proposal थोड़े ही दे रही हूं!

cum se cum marital status to bataiye
ek achchha plan hai
isliye to kehta hun ki intrest nhin hai...
pehle marriage status puchhogi fir umr puchhogi
फिर कुछ और...
कुछ और...
कुछ और!
or aapne kaise hisaab lgaaya ki
main married hun?
meri aavaj mein marriage certificate chhpa
hai kya?
baat karne ke lehje se pta chl jaata hai
अच्छा? कैसे?
aapki aavaaj mein...
ek confidence hai
आप मेरे साथ इतनी देर तक online hain...
iska mtlb yh bhi hai ki aap doosre kii
भावनाओं ko bhi smjhte hain
aap ko yh lga...
...ki agr aap turant fon rkh dete hain..
to isse saamne waale ka...
mtlb mera moral down
ho skata hai.
aap yh soch rhe ho skte hain ki hm log...
...din bhr mein naa jaane kitne
लोगों से बात करते हैं..
or jydaatr log hmen...

मना hi karte honge insurance ke liye…
jisse hm निराश ho jaate honge
aap hmen mna bhi karna chahte hain
or goodsapp pr bhi poori respect ke sath…
attend karna chahte hain
इसलिए
abhi tk khud fon nhin rakha
vrna abhi tk to…
koi or hota to…
kb ka fon rkh chuka hota
to sir, aisi सुलझी हुई सोच kisi…
yuva ya kisi youngster kii to…
nhin ho skti
mera mtlb kisi bachelor ldke kii...
aajkl ke ldke to vaise hi …
to-the-point…
baat karte hain
kuchh ldke लड़की ke goodsapp massege dekh kar…
…baaton ka rukh hi…
doosri trf मोड़ने kii koshish…
karte hain
mtlb ldki ko पटाने kii niyat se...
isi se main anumaan lga skti hun…
ki…
aap forty+ to hain
or agr forty+ hain to fir married

bhi hone chahiye
Am i wrong sir?
aap वाकई bahut saari baaten karti hain
aapne kaise soch liya ki hindustan mein sbhi…
forty+ आदमी शादीशुदा ही हैं.
kuchh kii shaadi hi nhin hoti
or kuchh brhmchaari bhi ho skte hain
haha! i confirmed...aap brhmchaari nhin hn...
vrna itni der tk ek ldki se
baaten nhin karte...hehe...
chlo thik hai main 45 ka hun or
married bhi hun..
अब बताओ!
क्या चाहती हो?
policy to mujhe nhin leni
aap bekar hi...
apna...
time...
khraab kyon kar rhi ho?
sir, life insurance hai…
with mediclaime!
No! nhin leni!
Arey!
yh bhi to batao kyun nhin leni?
arey nhin leni to nhin leni...ismein bataaun kya?
any reason sir?
mere paas hai policy

kitne kii?
5 lakh kii money back policy
LIC kii
sir, 5 lakh mein aajkal kya hota hai!!!!!
aap 45 ke hain to
jis जेनरेशन ke hn…
uske anumaan se aapne bhi…
'हम दो हमारे दो' ke formule ko…
adopt kiya hoga
mtlb beta-beti...two children...
sir kahan hain aap?
beti kii shadi mein hi…
आज ka बजट दस लाख se uupr jaa raha hai
ismein bhi aap सोचें ki…
gold दे दें to sir बहुत मुश्किल hai...
or fir kitni beemaariyan hn!!
sir agr aap apne privaar ko pyaar krte hain…
to aapko hmaari compni kii policy
jrur leni chahiye
aap ek baar plaan sun le bas..
main bahut कम शब्दों mein aapko समझा दूंगी.
Km shbdon me?
sirf yh bataane ke liye ki aap…
kisi policy ke liye baat kar rhi ho…
Aapne itna time lga diya!
nhin!
rehne do!

mujhe nhin chahiye
mere बजट mein main jitna…
le skta hun utna hai mere paas...
अब or nhin!
finance nhin hai...!
don't waist your time...
achcha aap krte kya hain?
mera mtlb
kaam?
berojgaar hun..unemployed!
oh! I'm sorry!
achcha agr in future finance thik ho jaaye
tb bhi nhin?
tb ki tb dekhunga
to fir main apko kb dubara contact krun?
yh main abhi kaise bta skta hun
ho skta hai do din mein
do hfte mein
do mhine
ya
do saal bhi lg skte hain
main aapke liye wish मांगूंगी.
aap kyon
aap kyon wish mangogii?
kisliye?
aapki jldi job ke liye
taaki aapko bhi jldi policy mil jaaye?

han! Obviously
मेरा फायदा आपसे जुड़ा है...
hai or apka aapki job se.
bdi mtlbi ho!
nhin sr!
'wish' के लिए मतलब बीच में नहीं आने देती
किसी के लिए **wish** करती हूं तो,
दिल से
krti hun
वो बात अलग है कि फायदा जुड़ा है
lekin faayde ke liye
soch kar...
wish nhin krungi
dua to mn se hi niklni chahiye
fayda nuksaan dekhenge to dua nhin kar payenge...
wish ka asar km ho jayega
इंसानियत भी कोई चीज होती है.
kuchh bhi
DIL se
krti hun.
co. ke liye kaam karti hun to
DIL se
krti hun
isliye to aapse baar-baar keh rhi hun
ismein co. ka bhi faayda hai
ab co. thode hi naa mere liye wish kregi

ki

mujhe apse policy mil jaaye

baaten bahut krti ho

main jaanti hun ekdm se koi dicide nhin kar paata

aap soch le

main do din baad fir contact krungi

are nhin…do din

bahut jldi hain..

do din to bahut late hain sr

bahut-bahut jyaada late…

late kyon?

"जिन्दगी" ही जो,

दो पल, की है...!

देखिये सर!

ये जो खूबसूरत आंखों पर दो पलकें हैं ना?

ये जो बार–बार बंद होती हैं...

खुलती हैं..

जिन्दगी का सच समझाती हैं,

कैसा सच?

लोग समझते नहीं!

जिन्दगी दो "पल की"...

सुनी है ना कहावत?

"पलकी" नहीं,

'पल' की!

'पलकी' ही है सर!!

'पलक' खुली

तो है..

'पलक' बंद हुई..

तो..

नहीं है!

हुई ना पलकी?

तुम्हारी बातें??

दो दिन...मतलब अड़तालीस घंटे!

इनमें मौजूद पलों का हिसाब कौन लगाएगा सर??

और आप कह रहे हैं बहुत जल्दी हैं!!!

तुम्हारी आखें खूबसूरत हैं?

मैंने ये कब कहा?

अरे! अभी तो तुमने बोला कि ये जो खूबसूरत आंखों पर दो पलकें हैं!?

वो 'मैंने' बोला क्या?

अब मेरी आंखें तो खूबसूरत हो नहीं सकतीं ना?

अगर कहूंगी कि मेरी आखें खूबसूरत नहीं हैं,

तो

यह झूठ होगा!

झूठ को मैं अपनी लाईफ के हिस्से से अलग रखती हूं!

मुझे अपनी आखें बहुत सुंदर लगती हैं!

इन्हें रोजाना आई शैडो और मसकारा से संवारती हूं!!

इंश्युरेंस एजेंट होकर ऐसा कहती हो?

मतलब झूठ वाली बात!

इंश्युरेंस एजेंट दुनिया भर के झूठ बोल कर अपना काम निकालते हैं!

झूठ के बिना उनका काम चल ही नहीं सकता।

झूठ क्लेम के वक्त सामने आते हैं!!!

नहीं??

मैं उनमें से नहीं हूं!
अपनी–अपनी सोचें हैं!
जैसे खूबसूरती को लेकर आपकी सोच?
कि?
आपकी आंखें तो खूबसूरत हो नहीं सकतीं!!
तो इसमें झूठ क्या है?
मर्दों की आंखें की चर्चा कब सुनी तुमने?
मर्दों को आई शैडो या मसकारा लगाते देखा कभी?
वही तो!
मर्द आंखों पर ये सब नहीं लगाते...
लेकिन...
उनकी आंखें...
खूबसूरत दुनिया और खूबसूरत आखों को देख सकती हैं!!!
यही तो उनकी आंखों की खूबसूरती है!!
जिसे आप नहीं देख रहे हो!
किसी भी
इंसान की सोच के मायने
किसी
एक इंसान पर जाकर खत्म
नहीं हो जाते!
हर इंसान के साथ
एक नई सोच...
और उसके नये मायने बनते हैं!!!!
जैसे दूसरे इंश्युरेस एजेंट्स को लेकर...
मेरे बारे में बनीं आपकी सोचें!
जो कितनी गलत हैं!
और एजेंट्स झूठ बोलते होंगे।

मैं नहीं!

ना!

बिलकुल नहीं!

will contact you after two days!!!

on Goodsapp!!!

Have a nice day!!!

No...Never!!!

मुझे...

इंश्युरेंस...

नहीं...

लेना...!!!!!

चाहे तुम एक पल बाद फोन करो...

दो दिन बाद करो...

या...

दो साल बाद!

That's it!

CLEAR...OK

BYE!!!!

sir! mera number

mere naam SIMRAN

se feed kar lijiyega

taaki jb main dobaara goodsapp pr baat krun to fone…

mere nmbr ko 'unknown' show na kre!!!

pleeeeeeeeeejjjj sr!

☺☺☺

Pagal ladki ka fon

(On line)

Hi!

Are! tumne kaha tha do din baad krogi...

abhi to...

do ghnte bhi nhin hue??

ab kahogi galti se msg chla gya??

no!

nhin!

kaha tha ki jhooth nhin bolti!

msg kiya hai!

I know!

jaanti hun!

try kar rahi thi ki aap mera msg open kroge ya nahin?

mtlb mujhe pehchanoge ya nhin?

mtlb mera naam feed kya ya nhi?

...kiya ya nhin?

kar liya!

☺☺ ☺

mera naam kya rakah?

mtlb rakha?

kya mtlb rakha?

तुम्हारा नाम मैं क्यों रखूंगा?

tumhare parents ne nhin rkha kya?

तुमने ही तो बताया था,

सिमरन!

क्या सच में!

क्या सच में आपने मेरा नाम

"Simran?

nhin! main nhin maanti

never!

kyon?

kyonki jyadatr log

hm jaise insurance agents ke

naam bde ajeeb-ajeeb se rkh dete hn...

for example,

fon nhin uthaana!!!

fake call!!

no call!!!

not recieve!!

faaltu ka phone!!!

bk-bk bkvaas!!!

sirdard!! ya pagal ladki ka fone!!!

naam se koun feed karta hai!

aapne SIMRAN se kiya hai???

very strange!!!!!!

h...haan!! mera mtlb nhin!

mujhe tumhaara nmbr hi yaad tha!!

aakhir ke chaar digit dekhte hi smjh

gya tha ki tumhaara msg hai!!!

naam kyon bigadunga?

mtlb aapne inmein se hi ek rkha tha jo

maine naam aapko ginaaye??
kyon sr?
pkde gye aap?
mera mtlb aapka jhooth! ??
tumhen kaise ptaa?? sattelite se dekh rhi ho
kya mere fon ko?
nhin!
lekin aapne pehle kaha ki...
haan!!
fir ekdm se baat bdl dii!
जहां शब्दों में कॉफिडेंस की कमी होती है...
वहां झूठ होता है!
ह्यूमेन साइकोलॉजी में बी.ए. हो?
नो सर!
एम.ए. !!!
is job se pehle..
main bhi
aise hi naam rkhti thi caller ke,
aisi time khaane waali call ya msg ke aane pr!!
hmm!
sir! main aapko distrub to nhin kar rhi?
tumhen kya lgta hai?
thoda to kar rhi hun...
lgta hai...
लेकिन सर मेरी एक आदत है
गंदी।
मैं किसी को भी अपना समझ कर बात करती हूं।

जानती हूं...

आदत अच्छी नहीं!

फिर भी?

क्या करूं?

'आदत' से मजबूर!

हूं..!!

तुम्हारी आदत अच्छी है!!

लेकिन

लोग उसका गलत फायदा उठा सकते हैं!!

जानती हूं!

कोई गलत इंसान टकर गया..

तो तुम्हें परेशान करेगा।

हां!

जानती हूं!

फिर क्यों?

सबको अपना बनाने की सोचती हो!!

अपना बनाने की नहीं!

अपना समझ कर बात करने की!!

क्या फर्क है!

फर्क है! अपना बनाने का मतलब रिश्ते जोड़ना!

अपना समझ कर बात करने का मतलब सिर्फ अपनापन इंसानियत!

क्या किसी से हंस कर बातें करना गलत है।

आजकल तो पड़ोसी भी ऐसा अपनापन नहीं जताते।

वही तो!

अगर हम किसी से अपनेपन के साथ बातें करते हैं

तो उसका हर बार मतलब,

कोई ऐसा–वैसा ही क्यों निकाले?

अभी कोई मिला नहीं ऐसा?

जो पीछे पड़ गया हो!

नहीं!

सुधरो! नहीं तो जल्दी मिलेगा!

मतलब आदत सुधारों!

मतलब की बात करो!

और मेसेज करना बंद करो!

मैं अपना काम...

'दिल' से...

करना चाहती हूं!

फिर!

कैसे करूंगी?

हम किसी से कोई चीज खरीदने जाते हैं

तो पसंद आने पर ही खरीदते हैं!

कोई अपनापन ही महसूस नहीं करेगा

तो फिर मेरे प्रोडक्ट क्यों खरीदेगा।

वो Product की Quality देख कर!

तुम्हारी बातें सुनकर नहीं!

लेकिन अगर दुकानदार अच्छा नहीं होगा...

तो आप उसकी दुकान पर क्यों जायेंगे।

हम कुछ भी

खरीदने जाते हैं तो पहले दुकानदार को ही

Select करते हैं ना?

नहीं??

दुकानदार मुस्कराकर कर आपसे

ठीक से बात ही नहीं करेगा तो,

आप फिर क्यों बार–बार उसकी दुकान पर जायेंगे?

वही तो मैं करती हूं!

इसमें क्या बुरा है।

क्या सिर्फ इसलिए कि मैं एक लड़की हूं।

किसी से हंस कर बात नहीं कर सकती।

हंसी तो फंसी...

वाली मानसिकता...

लोगों को बदलनी चाहिए।

अपने हाथ की उंगलियां देखी हैं।

हां!

बहुत सुंदर हैं!

मुझे अपनी उंगलियां बहुत पसंद हैं!

बस वही तो!!!

यही तो प्रॉब्लम है!

तुम्हारी!

मैं समझाना चाहता हूं उंगलियों की तरह

सभी लोग एक जैसे नहीं होते!!

और तुम!!

तुम अपनी सुन्दरता का बखान करने लगी!

पहले तुम अपनी आंखों के बारे में गुणगान करने लगी थीं!

अब उंगलियों का!

कोई क्या समझेगा?

क्या सोचेगा?

तुम्हारे बारे में?

कोई छिछोरा होगा तो पीछे पड़े ही पडेगा!!

मैं तो सिर्फ अपनेपन से बात करने की बात कर रही थी!!

अब देखिये!

आप अपनेपन से बात कर रहे हैं तो इसमें क्या बुरा है!

अरे!

मैं कब?

कब तुमसे बात कर रहा हूं?

मैं तो बात ही नहीं कर रहा!

अपनेपन वाली...

तो बात रहने ही दो!

अगर आप अपनेपन से बात...

ना..

कर रहे होते तो फिर??

"आप" से..

"तुम" पर..

कैसे आ जाते?

आप देखिये।

आप कब से मुझसे तुम...तुम करके बातें कर रहे हैं!

हां! पर मेरी बात अलग है!

मैं जानता हूं कि मैं कम से कम

तुम्हारे पीछे तो नहीं पड़ूंगा!!

मैं तुम्हें आगाह कर रहा हूं!

तुम एक अच्छी लड़की हो!

इसलिए!

आप एक अच्छे इंसान हैं इसलिए!

नहीं!

नहीं!

मैं अच्छा तो छोड़ो,

मैं...

इंसान ही नहीं हूं!!

arey! achanak kya hua?
oh!
मेरी मेट्रो आ गई!
GUrGAon...
huda city centre to Kashmiri gate,
heavy rush to Going this route...jahangir puri...!!
but...!!
I'm Now in the Metro!
uf! kisi trah se!
dhkka-mukki...!!
Ladies compartment naa ho to...!
lekin achchi hai metro!
dilli ka garv...!
or gourav!!!
fully a.c.
comfortable...
dilli TRAnspORT kii shaan!
bina METro ke sirf rona!!
metro kehti hai "mat-ro...!"
मत–रो!!
main hun!
hmaare radio ke slogan kii trh,
uska slogan bhi kuchh aisa hi hai...
don't Cry...Hum Hain!!!
Tumhaara RAdio fir shuru ho gya!!
main RJ hi hun!
mtlb?

meri ek saheli hai insurance agent!
Main use sikha rhi thi ki customer se
kaise baat karte hain!!
to aapka kaam khtm ho gya?
nhin! Mera to abhi shuru bhi nhin hua!!
main isi trah se logon se ru-b-ru hoti hun!!
unse baaten karti hun!!
agr unki koi story hai to use radio ke liye
"reddy" karti hun!!!
तो?
किसी के गमों को हजारों लोगों के सामने
छिलका–छिलका करती हो??
कभी–कभी बताने से गम हल्का हो जाता है!
कभी–कभी कुछ लोगों को...
बताने के लिए कोई 'ऐसा' मिलता नहीं!
मिलता भी है...
तो कभी–कभी..
बता नहीं पाते!
नहीं मिलता तो वो अपने आप को बताते हैं!
इससे गम और गहरा होता चला जाता है!!
क्योंकि बाहर नहीं आ पाता!!
हम पलंग पर बिछे
गद्दों को...
धूप लगाने के लिए बाहर डालते है...
ताकि उसकी 'सीलन' निकल जाए...
उसमें मौजूद 'जर्म्स' मर जायें...
लेकिन अपने भीतर "सील" रहे गमों को...

बाहर नहीं निकालते!!
उनको धूप नहीं लगवाते!
कहूं कि उन्हें 'पालते' हैं,
तो सही होगा!
लोहा भी एक जगह पर रखा रहे तो जंग लग जाता है!
धीरे–धीरे वो जंग उसे खा जाता है!
दिल को गमों के जंग लगते हैं!
तो!
धीरे–धीरे उसे खा जाते हैं!
गम पालना ही पड़े तो जरुर पालें,
लेकिन सुहाना गम!
सुहाना गम?
क्या भला?
कोई हंसेगा सुन कर?
गम भी सुहाना होता है क्या?
होता है!!
आप किसी से प्यार करते हैं...
वो आपको नहीं मिला!
यह है सुहाना गम!
इसमें 'सुहाना' **facTOr** यह है कि...
आप किसी से प्यार करते हो...
इसमें "गम" यह है कि...
वो आपको 'नहीं' मिला!
किसी से,
प्यार होना,
सचमुच...
जिन्दगी है!!

प्यार हो गया।
जिन्दगी मिल गई!
वह नहीं मिला तो गम भी हो गया!
लेकिन आप इस सुहाने गम के साथ,
जिन्दगी बिता सकते हो!
क्योंकि इस सुहाने गम में उम्मीदें बसी होती हैं!
कि शायद वो मिले!
लेकिन!
टूटी हुई उम्मीदों के गम,
नासूर होते हैं!
उन्हें उम्मीदों की धूप दिखाना जरूरी होता है!!
उन्हें यह विश्वास दिलाना जरूरी होता है...
कि...
अंधेरों के बाद जो चीज,
सबसे पहले आती है,
वह रौशनी ही है!
रातें भी अंधेरों में नहीं रहना चाहतीं!
वो भोर में आकर दिन से मिलती हैं!
मेरा रेडियो यही काम करता है!
radio ka slogan maine aapko bataya
don't Cry…Hum Hain!!
हम हैं तो कोई रो नहीं सकता!
Kabhi-kabhi kisi ka hona bhi,
kisi ko rone ke liye
mjboor kar deta hai!!!
depend करता है...
कि...

कोई किस तरह से,
किसके साथ है?
फूल अपनी पत्तियों को अपने से...
अलग...
नहीं कर सकता...
...क्योंकि...
वो 'फूल' कहलाता है,
सिर्फ उन पत्तियों के...
कारण ही !!
उन्हें जुदा कर देगा तो,
उसकी **Ahmiyat** खत्म!!
उसका **Naam** खत्म!!
फिर वो फूल नहीं रहेगा!!
है ना??
रौशनी को आंख से अलग कर दो,
हर तरफ अँधेरे होंगे,
आंखें अंधी हो जायेंगी,
उनके होने का...
फिर कोई
अर्थ
ही नहीं रहेगा!!!
अगर हम किसी के साथ हैं,
तो...
हम उसके वजूद को अनदेखा नहीं कर सकते!!!
उसकी भावनाओं को...
नजरअंदाज नहीं कर सकते!!!
उसकी खुशी में खुश होना होगा!!

उसके गम में उसे खुश करना होगा!!!
इसलिए कह रही थी
dePENd…
करता है कि KouN...
kiS तरह से
kISke साथ है!!!
☺☺ ☺
hR kisi ke sath Hr koi NHin ROta!!!
haan!
hAR kiSi ke satH?
LEkiN mAIN Wo…
"haR Koi"
NHin huN!!!
tuMNe kaBHi darD ko MEHsoos kiyA hai?
haan! eK BAar paanv meiN mOch aai tHi!!
Tb!!
MaIn JIsmON ke DaRd kii baaT nahin kaR raHa…!
MAiN Us DaRd kii baaT nahin kaR raHA
main us दर्द kii baaT kaR raha hun…
jo उम्मीदों के टूटने pr hota hai!!!
हसरतें अधूरी रह जाने pr hota hai…
DiL jB rotA hai to आंखें
खामोश ho jaati hain,
UNMein jo rota hai,
main us दर्द kii baat kar raha hun!!!
मैं खामोश हुए उन होंठों के दर्द की बात,
कर रहा हूं,

जहां पहले कभी...
मुस्कराहटों के फूल खिला करते...
...थे!!!
जिन्दगी जब,
जिस्म में मुस्कराती है तो,
जिस्म का कोना–कोना मुस्कराता है!!!
मुझसे कोई पूछे,
कि...
खूबसूरती क्या है?
तो?
मैं उसे बताऊँ,
कि...
जिन्दगी ही सबसे "खूबसूरत" है!!!!
लोग चेहरे को मानते हैं!!!
जिस्म को मानते हैं!!!
लेकिन...
उस 'जीवन' को भूल जाते हैं!!!
जो खून बन कर उनकी रगों में,
दौड़ता है!!!
उन सांसों को भूल जाते हैं...!
जो!!
उन्हें जिन्दा रखती हैं!!!
चेहरे खूबसूरत हुआ करते...
जिस्म खूबसूरत हुआ करते...
तो फिर मुर्दे भी खूबसूरत हुआ करते!!!
"जिस्म" से "जिन्दगी" छिन जाती है तो,
"चेहरों" से "खूबसूरती" भी...

छिन जाया करती है!!
मैं उस दर्द की बात कर रहा हूं,
जो जीते-जी...
मौत की तरह मैंने उसके चेहरे पर...
देखा!!!
उसकी गुलाबी सिन्दूरी रंगत को...
बदरंग करते हुए!!!
"दर्द" भी "मौत" के समान...
खूबसूरती को छीन लेता है!!!
मैं उसी दर्द की बात कर रहा हूं!!
जो "उसे" "मुझसे" मिला!
मेरे "साथ" होने से मिला!!!
तुमने कहा...हर किसी के साथ,
हर कोई नहीं,
रोता!!!
लेकिन वो रोई!!!
मैंने उसकी सांस-सांस को सिसकते देखा!
जिस्म के रोयें-रोयें से उसे,
रोते हुए देखा!!!
वो मेरे साथ थी!!
मेरे "कारण" थी!!!
"कारण" नहीं रहा!!
"वो" नहीं रही!!!

uska naam sir??

हां!
वो है!!
नाम है उसका!!

वो ना सही मेरे पास,
नाम है उसका!!
मेरी आंखों में!!
मेरे इर्द–गिर्द!
मेरी यादों में!!
मेरे ख्यालों में!!
मेरी करवटों में!!
बिस्तर की सलवटों में!!!
मेरे अहसासों में!!!
मेरी रूह में!!!
हर जगह!!!
बस नाम है उसका!!!
नाम ही है!!!
मेरा स्टॉप आ गया!
At seelam pur!
hanji!
yahan se sharing auto!
yamuna vihar tk!
bahar bahut crowed rehta hai!
mil gya auto!
auto mein bhi type kar leti ho?
Bilkul...aram se baithi hu
isliye
seat mil jaye to bus
fir koi tension nhin
ab ye full speed mein
ja raha hai ghr kii trf!

to ab ghr jakar khana banana hoga?
full speed mein?
nhin! main nhin!
mom hai naa?
Banati hu sunday ko!
Maa aisi hi hoti hai!
isliye to i am so happy
Happy life
job karna asaan nhi
very difficult
True!
☺
ye jo smily hai
mujhe bahut pasand hai
U know why
Why?
ye besan ke laddoo jaisa hota hai
I love laddoo...hehe!
uska naam sir?
FloWEr giRL!!!

Simran
(online)
Hi!!
kaisi ho simran?
I'm fine!
but

finally...

aapne mera naam

fon me feed kar hi liya?

arey! Kaise pta chla?

mujhe naam se bulaya!!

और अब तो वैसे भी हमारी जान–पहचान हो चुकी है!

हाँ!!

तुम अभी कहां हो?

घर पर!

मेरे रेडियो प्रोग्राम का भले ही समय हो,

लेकिन मेरे phon पर आने वाले...

...goods-app messageका कोई समय नहीं!

main kbhi bhi shuru ho jaati hun!!

क्या मैं आपको डिस्टर्ब कर रही हूं?

अब! नहीं!

आप डिनर कर चुके हैं?

हाँ! सुबह!

डिनर...सुबह??

एक वक्त ही खाता हूं

क्यों सर? आपका हाजमा

इतना खराब नहीं लगता!!

सिर्फ जिन्दा रहने के लिए!!

जिन्दगी से निराश...

फिर भी जिन्दा रहने की ख्वाहिश??

बात कुछ हजम नहीं हुई सर!!

जिन्दगी से निराश नहीं हूं,

जिन्दगी को मैंने निराश किया है!!

आपकी जिन्दगी...वो...फ्लॉवर गर्ल??

हां!!

तुम मेरी कहानी जानना चाहती हो?

जानो!

मैं बताना चाहता हूं तुम्हें!

सारी दुनिया को!!

मैं बताना चाहता हूं उस रक्तबीज के बारे में...

जिसे प्यार करने का कोई हक नहीं!

रक्तबीज सर?

हां! एक राक्षस था! उसके खून की बूंदें...

जमीन पर गिरते ही...

उसके जैसे कई और

खूंखार राक्षस पैदा हो जाते थे!

मैं वो हूं!!

आज तुमने सही आदमी को पकड़ा है...

अपनी रेडियो की कहानी के लिए!

मेरी कहानी उन लोगों के लिए..

एक 'सबक' हो सकती है...

जो प्यार के दावे करते हैं...

सुनाओ उन लोगों को...

पहुंचाओ उन लोगों तक मेरी कहानी...

मैं कसौटी हूं ऐसे प्रेमियों की...

वो जान पायेंगे...

कि...

क्या सचमुच वो जो कर रहे हैं...

वो प्यार ही है??

आप अपनी कहानी

गुड्स–एप पर

मेसेज करते रहिये!

मैं पढ़ रही हूं!

और मैं देख रहा हूं...

मेरी सुनिधि कठघरे में खडी है...

सुनिधि...your's Flower Girl??

हां! उसने मुझ पर रेप का केस दायर किया था!!

कोर्ट खचाखच भरी थी!

जज कामिनी मल्होत्रा अपनी सीट पर बैठी

इस हैरतअंगेज मुकदमे की

कार्रवाही को देख रही थी!

कोर्ट के दूसरे मुलजिम वाले

कठघरे में मैं खड़ा था!

वो हैरतअंगेज मुकदमा ही था क्योंकि उस जैसा

पहले कभी ना हुआ था!!

मेरी आंखों में बेहयाई थी!!

सुनिधि की आंखों का वो दर्द उस समय

मैं न तो देख पा रहा था

ना महसूस कर पा रहा था

उसकी पलकें लरज रही थीं

बार–बार झपक रही थी वो उन्हें

कोई ऐसा तभी करता है जब आंसुओं को

गिरने से रोकना चाहता है!

वो रो रही थी लेकिन खुद को कमजोर जाहिर

होने देना नहीं चाहती थी

उसके चेहरे की सुर्खी रात की तरह

स्याह हो रही थी!

रात अपने भीतर कई सन्नाटे लिए रहती है!
वो सारे सन्नाटे उस वक्त
उसके चेहरे पर मैं देख सकता था!
उसकी गोद में मेरा बच्चा था।
एक साल का स्मरण!
वो उसके कंधे से लगा सो रहा था!
बेखबर नींद...
मेरा वकील मेरी जोरदार वकालत कर रहा था,
उसकी दलीलें सुनकर
मेरी बेहयाई और बढ़ गई थी।
वो कठघरे में खड़ी सुनिधि की तरफ
इशारा करके जज से मुखातिब था,
उसके शब्द आज भी मेरे कानों में गूँज रहे हैं
"मीलॉर्ड ! मेरे मुवक्किल आदि चोपड़ा पर...
...रेप का इल्जाम...
लगाया गया है। इल्जाम लगाने वाली औरत
कोई और नहीं...बल्कि खुद
आदि की पत्नी सुनिधि चोपड़ा है।"
उस वक्त जज कामिनी सुनिधि के...
पेपर्स की स्टडी कर रही थी!
मेरा वकील कह रहा था–
"मैं यह पूछना चाहता हूं मीलॉर्ड
कि एक पति भला अपनी पत्नी पर
रेप कैसे अटैम्प कर सकता है?
या हो सकता है...
वो कर सकता हो...
क्योंकि पत्नी की इच्छा के विरुद्ध...

यदि वो उसके साथ कोई...
जबरदस्ती करता है तो...
कानून की धाराओं के हिसाब से उसकी वो कोशिश...
रेप कहला सकती है...
लेकिन माननीय जज साहिबा...
मैं अदालत को बताना चाहता हूं कि
मेरा मुवक्किल आदि...
पिछले छह महीने से...
अपनी पत्नी से पूरी तरह से अलग रह रहा है!"
मैं मुस्करा रहा था।
सुनिधि की आँखों में
अब गुस्सा था। लाचारी से भरा हुआ गुस्सा।
इधर जज की आँखों में प्रश्नसूचक भाव थे।
वो पूरी स्टोरी को समझने की
कोशिश कर रही थी।
मेरे वकील ने आगे कहा–"एक पति,
जो अपनी पत्नी से अलग रह रहा है,
इस बीच दोनों
एक–दूसरे से कभी मिले तक नहीं,
और इस बात की तसदीक
स्वयम सुनिधि भी करती है। मिसेज सुनिधि..!"
वो सुनिधि से मुखातिब हुआ था–"...क्या...
मैंने कुछ गलत कहा?"
सुनिधि चुप रही थी। लेकिन अदालत में
चुप रहने से काम नहीं चलता।
जज ने सुनिधि से पूछा–"मिसेज सुनिधि!
आप प्लीज...

..वकील साहब के प्रश्न का जवाब जरुर दें!"
वो बोली पर उसके शब्दों में
बेबसी साफ थी–"यह सच है जज साहिबा कि हम
पिछले छह महीने से नहीं मिले।"
मैं फिर से मुस्कराया था।
मैं जानता था कि उसकी कोई भी
दलील यहां नहीं चलने वाली। लेकिन
मुकदमा दायर किया था तो कोर्ट को
जवाब भी देने ही थे।
मेरा वकील जब बोला तो उसके होंठों पर...
..एक विजयी मुस्कान थी–"तो मैं..
..कह रहा था कि एक पति..
जो अपनी पत्नी से अलग रह रहा है वो कैसे
अपनी पत्नी के साथ रेप जैसा जघन्य अपराध
कर सकता है । किन्तु एक पत्नी
अपने पति पर आरोप लगा रही है तो इसके पीछे
की मंशा अदालत को समझाना भी मेरी ड्यूटी है।
माननीय जज साहिबा। इसके पीछे सिर्फ और सिर्फ
एक ही भावना हो सकती है। और वो भावना है
बदले की भावना क्योंकि मेरे मुवक्किल आदि ने
अपनी पत्नी से तलाक माँगा है।
संसार में तलाक की अर्जी देने वाला इकलौता
मेरा मुवक्किल नहीं है जज साहिबा।
दुनिया बहुत बड़ी है।
लोग बहुत हैं। पति–पत्नी के बीच झगड़ों के कारण
बेशुमार हैं। समझौते भी होते हैं। तलाक
मंजूर भी हो जाते हैं।

लेकिन इसका अर्थ यह कदापि नहीं
कि पति ने छोड़ दिया तो औरत बदले की
भावना से भर कर अपने पति पर इस किस्म का
बेहूदा और संगीन आरोप लगाये।"
चीख पड़ी थी सुनिधि उस वक्त–"ये आरोप नहीं है जज साहिबा!
ये आरोप नहीं है!
ये सच है!
ये रेप है।
हां!
ये रेप है!
मैं और मेरा वकील उसकी इस विवशता के
उस समय मजे ले रहे थे–"तो क्या आप अदालत
को बता सकती हैं कि ये संगीन जुर्म मेरे मुवक्किल
ने कब किया?
कैसे किया?
अपने होंठों को विवशता से काटते हुए...
बोली थी सुनिधि–"उसके लिए
मुझे अपने पास्ट में जाना होगा।
मैं..
अदालत को सब कुछ बताऊंगी।"
अचानक उसने अपने आंसू पौंछ लिए थे,
मानो रणभूमि में
उतरने के लिए कमर कस रही हो।
उस रणभूमि में हजारों की तादाद के बराबर
उसका अकेले शत्रु मैं ही था
जिसे उसे परास्त करना था। जंग छेड़ी थी
तो उसका परिणाम

वो अपने हक में चाहती थी।
हार तो मुझे भी कुबूल नहीं थी।
सुनिधि ने कहना शुरू किया–"यह कहानी
शुरू हुई दो साल पहले...
मेरी और आदि की मुलाकात
के साथ। यह एक छोटी सी
मुलाकात थी। मैंने एक ब्यूटी कांटेस्ट में हिस्सा लिया था।
जिसमें आदि दर्शक के रूप में उपस्थित था।
प्रतियोगिता का परिणाम दर्शकों की
पसंद–नापसंद पर निर्भर था।
उन्हें एक–एक मार्क्स शीट दी गई थी जिस पर
प्रतियोगिता में हिस्सा लेने वाली
सभी लड़कियों के नाम
लिखे हुए थे। हरेक नाम के आगे मार्क्स का
कॉलम बना था। दर्शकों को अपनी पसंद के अनुसार
प्रतियोगियों को मार्क्स देने थे और फिर उन
मार्क्स के आधार
पर ही निर्णायकों को अपना निर्णय देना था।"
वो अदालत को वह सब बताने लगी जिसे मैं और
वो पहले से जानते थे। मेरी आंखों के आगे वो
सभी पल एक बार फिर से तैरने लगे थे।
लड़कियां उस ब्यूटी कांटेस्ट में मुस्कराती हुईं
कैट वाक कर रही थीं।
दोनों जज सामान्य रूप से उनके प्रदर्शन पर तालियां
बजा रहे थे और प्रतियोगी लड़की
की कैट–वॉक के बाद
अपनी मार्क्स शीट पर उनके मार्क्स दर्ज कर लेते थे।

चार–पांच लड़कियों की कैट वॉक के बाद अब
सुनिधि का नम्बर था। वो कैट वॉक् करती हुई
आई। वो एक खूबसूरत परिधान...
..में थी।
अगर कहूँ कि लाल गुलाब का फूल ही दिखती थी
तो कुछ गलत ना होगा। वो
गुलाब की पंखुड़ियों
के डिजाइन का
गाउन पहने थी।
अगर मैं टॉप व्यू
में उसे देखता तो वो खिले हुए
'लाल गुलाब'
के रूप में ही दिखती मुझे।
'फुलर लिप्स' यानी
भरे हुए उसके सुर्ख होंठ
उसकी पौशाक से बहुत हद तक
मैच हो रहे थे। उनमें गजब की
चमक थी। मानो शीशे के बने हों।
क्लासी...
..लुक पाने के लिए उसने कानों में
मेट गोल्ड में कंधों तक झूलते हुए
'पर्ल डैंगलर्स'
पहने हुए थे। मैं उससे
बहुत इम्प्रैस हुआ था।
वो फ्लॉवर गर्ल थी।
वो सच में फ्लॉवर गर्ल थी।
सभी दर्शक दिल खोल कर तालियां बजाते हुए

उसका स्वागत कर रहे थे।
मैं तो खड़ा ही हो गया था।
मन्त्र–मुग्ध सा खड़ा होकर
देर तक तालियां बजाता रहा।
दर्शक मुझे अब अजीब सी निगाहों से देख रहे थे।
मैं सम्मोहित था। आंखें जैसे झपकना भूल
गई थीं।
या...
झपकतीं तो जैसे उस पल के लिए वो चेहरा
मेरी निगाहों से ओझल हो जाता और मुझे यह
गंवारा ना हुआ था।
यहां तक कि जजों को मुझे बैठ जाने को बोलना पड़ा।
हॉल में अभी भी सिर्फ मेरी तालियां गूँज रही थीं।
मैं उसकी निगाहों का भी केंद्र बन चुका था।
वो अचम्भित थी।
हैरान।
वो मेरी तालियों का मतलब अच्छी तरह से
समझ रही थी।
उसके होंठों पर जो थी...उस मुस्कराहट में
असमंजस था।
कशमश थी।
मानों जैसे वो खुद को उन तालियों की
हकदार ना मान रही हो!
जैसे वो कहना चाहती हो कि...
मैं अब तक तालियां क्यों बजा रहा हूं?
मेरे आसपास की रोशनियां जैसे...
"वहीं"

जाकर स्थिर हो गई थीं।
मुझे कुछ और नजर नहीं आ रहा था।
जैसे अँधेरे में चमकता हुआ "जुगनू" ही दिखता है।
क्योंकि
रौशनी सिर्फ वहीं होती है।
उसके इर्द–गिर्द!
आंखें आसपास नहीं देख पाती हैं!
ठीक वैसे ही।
मुझे सिर्फ वो नजर आ रही थी!
उसने अपनी खनकती हुई आवाज में मुझे
बैठ जाने को कहा–"प्लीज! आप...आप बैठ जायें!"
मैं तो उड़ना चाहता था। खुशबू की तरह...
उड़ कर...जाकर
उसमें
'बस'
जाना चाहता था। वो गुलाब थी।
मैं उसकी
"खुशबू" हो जाना चाहता था।
वो गुलाब थी।
मैं उसकी "रंगत" हो जाना चाहता था।
उसकी आवाज ने जैसे जादू किया।
मेरे ताली
बजाते हाथ रुक गये।
मैं वापस अपनी सीट पर बैठ गया।
इसके बाद जजों ने घोषणा की कि
सभी दर्शक अपने पर्चे जमा करवा दें।
सभी कंटेस्टेंस लड़कियां वापस

मंच पर इकट्ठा हो चुकी थीं।
जज परिणाम घोषित करने वाले थे।
एक लेडी जज परिणाम घोषित करने लगी–"अब मैं इस
ब्यूटी कांटेस्ट के परिणाम घोषित करती हूं।
सबसे पहले मैं
इस प्रतियोगिता में थर्ड पोजीशन पर आने वाली
प्रतियोगी का नाम लूंगी । मिस श्रेया लूथरिया।"
श्रेया मंच पर खड़ी हाथ हिलाती हुई
प्रतियोगियों की भीड़
में से निकल कर आगे आ रही थी। दर्शक तालियों से
उसका स्वागत कर रहे थे। उसे
third position अवार्ड दिया गया।
दूसरी जज ने अगला नाम
अनाउंस किया–"इस ब्यूटी कांटेस्ट में
दूसरा स्थान प्राप्त किया है...
मिस अंकिता काजलवाल ने।"
मेरी निगाहें अभी तक अपनी फ्लॉवर गर्ल
से ना हटी थीं।
अंकिता मुस्कराती हुई शेष ग्रुप से निकल कर
आगे मंच पर पहुंची और अपना अवार्ड लिया।
तालियां लगातार बजती रही थीं। शेष लड़कियां
अब फर्स्ट के परिणाम के कारण नर्वस हो रही थीं।
जज ने फर्स्ट विनर की
घोषणा की–"और अब दिल
थाम लीजिये क्योंकि मैं ब्यूटी कांटेस्ट की
फर्स्ट विनर
का नाम घोषित करने जा रही हूं।

यह खिताब जीता है...।"
वो कुछ देर के लिए चुप हो गई,
मुस्कराई फिर बोली–"...मिस सुनिधि ने!"
"फ्लॉवर गर्ल!" मैंने जोरदार आवाज में
उस नाम की घोषणा की।
उसने हैरानी से चौंक कर मेरी तरफ देखा।
अपने नये नामकरण पर
वो चमत्कृत सी हुई।
उसने एक
'फ्लाइंग किस'
हवा में
भीड़ की तरफ उछाला।
चारों तरफ तेज शोर उठा।
उस 'फलाइंग किस' को लपकने
के लिए कई मनचलों ने
हाथ आगे बढ़ाये।
मेरा मन चाहा कि काश उस वक्त मैं
सुपर मैंन बन जाऊं और उन मनचलों के
हाथों तक पहुंचने से पहले ही उस
फ्लाइंग किस को ले उड़ूं!
मन कह रहा था कि उस पर सिर्फ...
मेरा अधिकार है!!
जाने क्यों कह रहा था?
पर कह रहा था!!
उसका 'ओरा' मुझे अपनी ओर खींच रहा था।
ओरा जिस्म की आकर्षण शक्ति होती है...
वो ताकत...

जिसमें बंधा हुआ कोई इंसान किसी दूसरे की तरफ
आकर्षित होता है!!
हम किसी को अचानक पसंद करने लगते हैं..
किसी को देख कर उसके लिये नापसंदगी के भाव उठते हैं
यह कमाल किसी इंसान के ओरा का होता है!!
वो खूबसूरत थी।
बहुत थी!
लेकिन
मैं जानता था कि यह आकर्षण
खूबसूरती का नहीं है।
मेरे भीतर कुछ मचल रहा था।
यह कमाल उसका था।
मन में हमेशा कुछ नहीं मचलता
लेकिन...
आज मचल रहा था
तालियों के शोर में अपने ग्रुप में खड़ी सुनिधि
हैरान होकर आगे बढ़ रही थी। वो अपनी खुशी नहीं
रोक पा रही थी। यह उसके लिए उपलब्धि थी
ऊपर से कहीं से उस पर फूलों की
वर्षा हो रही थी।
फ्लॉवर गर्ल पर फूलों की बारिश हो रही थी।
बर्थडे ब्लास्ट बम की तरह
उस पर चमकीले फूलों व चमकीले पेपर्स
की कटिंग की वर्षा हो रही थी।
रंग–बिरंगी लाईटों में
पूरा स्टेज जगमगा रहा था। वो इन रोशनियों में
नहा कर इन्द्रधनुष सी हो गई थी। सात रंग

भी जैसे उसके सिन्दूरी रंग के आगे
फीके लग रहे थे।
उसके सिर पर ताज रखा गया।
ताज से अधिक मैं उसके चेहरे को
झिलमिलाते हुए देख रहा था।
मेरा दिल अगर सड़क पर होता
और मैं धड़कनों की स्पीड की बात करता
तो
यकीनन ही वो इतना फास्ट थीं कि
एक्सीडेंट कर बैठतीं।
लेकिन फिर भी,
मैं भले ही उस वक्त "उससे" कुछ फासले पर था
मेरी धड़कनें
उसके बहुत
बहुत
नजदीक जा पहुंची थीं।
जज कह रहा था–"हमारे निर्णय को मुहर आप
लोगों ने ही लगाई है । आप ने मिस सुनिधि को
पसंद किया । आप में से एक महाशय ने तो
सुनिधि को दस में से बीस नम्बर ही दे डाले।"
वो मैं था।
मुझे उम्मीद नहीं थी कि उसका रिजल्ट
यह होगा!
इतना खूबसूरत!
उसने मुझे स्टेज पर आने को कहा
दिल की धड़कनें तो पहले ही पहुंची हुई थीं!
अब मैं भी उसके पास पहुँच रहा था।

बेचैन दिल की...
धड़कनें और बढ़ गई थीं!!
यह मुझसे उसकी पहली मुलाकात थी।
मैंने होले से कुछ झिझकते हुए से कहा–"हेलो!"
मन तो चाह रहा था कि उसे उठा कर एक चक्कर
दे डालूं लेकिन मुझे अपनी भावनाओं पर
कंट्रोल करना जरूरी था।
उसने कहा–"मैं समझ नहीं पा रही
कि मैं आपसे क्या कहूँ?
आपने दस में से बीस नम्बर?
I can't believe this!!
It's amazing!!
मैंने कहा–"आपको समझने या कुछ कहने की भी
जरूरत नहीं क्योंकि...
मैंने वही किया जो आपको
देखने के बाद मेरी आँखों,
मेरे दिल और दिमाग ने
मुझसे करने को कहा।
माफी चाहता हूं लेकिन
आप इतनी खूबसूरत हैं कि आप 10 में से
100 नम्बर डिजर्व करती हैं।"
सुनिधि मुस्करा कर कह रही थी–"लेकिन और दर्शकों
ने तो दस में से दस ही दिए हैं?"
मैंने कहा–"मैंने दोनों तरह से
आपकी खूबसूरती को देखा है।"
वो मुस्कराई, मेरी आंखों में झांका!
मैं पहले ही झांक रहा था!

वो बोली–"मैं समझी नहीं?"
मैं पलकें नहीं झपका रहा था–"दस नम्बर आँखों से
देखने के और बाकी दस दिल से देखने के!"
"और मुझे नया नाम भी दे दिया?
फ्लॉवर गर्ल?
मैं कहां से हूं फ्लॉवर गर्ल?
बस मेरी ड्रेस को देख कर?
इसकी तारीफ़ की हकदार तो मेरी ड्रेस डिजाईनर
को होना चाहिए!
मुझे खामखाह ही!"
मैंने उसकी बातों को सुना और नीचे बैठ गया!
उसके पांव के पास!
वो फिर हैरान हुई। सबकी निगाहें मुझ पर थीं।
मैं क्या कर रहा था मुझे खुद नहीं मालूम था।
बस कर रहा था।
जो मन में आ रहा था कर रहा था। जो मन
कह रहा था कर रहा था। मैं किसी को इम्प्रैस
करने के लिए नहीं कर रहा था। जो कुछ उठ रहा था
मेरे अंदर से उठ रहा था।
हवायें जब मचल कर फूलों की डालियों से
टकराती हैं तो पंखुडियां अपने आप नीचे गिरती हैं!
बादलों को देख कर मोर के सतरंगी पंख
अपने आप खुल जाते हैं!
उसके पांव अपने आप
नाचने लगते हैं! क्योंकि मन नाच रहा होता है!
वो किसी के कहने पर पीहू–पीहू नहीं करता।
वैसे ही सब कुछ मैं भी अपने आप कर रहा था।

मैं उसके कदमों के पास बैठ गया था।
वहां जितनी पंखुड़ियां थीं
उन्हें समेट रहा था।
वो हैरानी से मुझे देख रही थी। मैंने उन
पंखुड़ियों को जेब में भर लिया!
वो चमत्कृत थी!
पूछ ही जो बैठी–"क्या कर रहे हो?"
"यह वो पंखुड़ियां हैं जो आप को छू कर गुजरी हैं!"
उसके बाद मैं वापस लौट गया।
मैंने पलट कर नहीं देखा था।
मेरी आंखें गीली हो चुकी थीं।
यह सब क्या था मैं नहीं जानता था।
सचमुच नहीं जानता था!
मेरा उससे एक रिश्ता कायम हो चुका था
वो मेरी आंखों में आ चुकी थी।
वो मेरी दुनिया में आ चुकी थी।
वो मेरे दिल में आ चुकी थी।
मैं उसके ख्यालों में 'गुम' हो चुका था।
उसके अपने पास ना होने का
मुझे 'गम' हो चुका था।
मेरे होंठ कभी मुस्कराते थे
कभी खामोश हुए जाते थे
मेरी आंखों को 'खोने' की आदत हो चली थी।
क्योंकि...
वो खो जाती थीं
तो उनमें मैं उसे देखा करता था। उसको महसूस
किया करता था।

आंखों से क्यों उसकी सूरत,
हटती नहीं थी! जेहन से क्यों उसकी यादें
मिटती नहीं थीं। खामोशियों को भेद कर क्यों
चली आ रही थीं उसकी हंसी की खिलखिलाहटें
क्यों उसकी छुअन के अहसास हुए बिना ही
हो रहे थे मुझे
क्यों गम था मुझे उसका?
क्यों आंखों में थे उसके गम के आंसू?
उसने तो एक मुलाकात भी ना दी थी अभी
फिर यह गम क्यों?
रोने के लिए क्यों गमों की जरूरत होती है
यह आज पता चल रहा था मुझे?
यादों के भंवर बहुत गहरे होते हैं।
भंवर में गोते
खाने वाला इंसान कुछ और सोच ही नहीं सकता
मैं यादों के भंवर में था तो कैसे सोचता?
यादों का कॉन्सेप्ट भी बड़ा अजीब है।
कहते हैं किसी को मन से याद करो तो तुम्हारी
सोचें उस तक पहुँचती हैं।
जैसे कोई दरवाजा खटखटा कर ध्यान भंग करता है
ठीक वैसे ही जिसकी याद में हो,
उसके ध्यान भी भंग होते हैं। मैं नहीं जानता था
कि इस बात में कितनी सच्चाई है!!
लेकिन अपनी यादों की गहराई को मैं
महसूस कर सकता था।
I'm in love!!
I'm in love!!

दिल को दिल से राहत होती है!!
मेरा सोचना ठीक था!!
हम दुबारा मिले। उस दिन वो जिस
होटल की मेहमान थी...
मैं उस होटल का मालिक था।
मैं उसके कमरे में पहुंचा
वो खुद पर परफ्यूम स्प्रे कर रही थी।
कमरा उसकी महक से भरा हुआ था।
अचानक
उसे मेरी मौजूदगी का अहसास हुआ।
वो मेरी तरफ पलटी।
परफ्यूम की बोटल उसके हाथ में थी
मैं मुस्कराया।
वो मुस्कराई।
मुझे देख कर हैरान हुई।
"may I coming?" मैंने शिष्टाचार वश पूछा।
"pleeeeej!!" उसने इजाजत दी।
मैं अंदर आ गया।
"क्यों लगाते हो?" मैंने कहा।
"मतलब?" वो एकाएक ही समझ नहीं पाई।
"ये परफ्यूम क्यों लगाते हो?"
मैंने उसके हाथ में
थमे परफ्यूम की तरफ इशारा किया।
"क्या मतलब?" उसके मुंह से निकला।
वो अपने हाथ में थमी परफ्यूम की बोटल
की तरफ देखने लगी।
"हां भाई! क्यों लगाते हो?"

"गुड स्मेल के लिए!"
उसने बोटल ड्रेसिंग टेबल पर रख दी।
"लेकिन फ्रेश होने के बाद तो स्मेल
यूँ भी गुड हो जाती है।
बल्कि इसे लगाने से तो बॉडी की नेचुरल
स्मेल ही खत्म हो जाती है।
उसकी जगह परफ्यूम की खुशबु ले लेती है!!
आपको पता है?
कुदरत ने इंसान को जो
नेचुरल स्मेल दी है वो अपने आप में
कितनी अट्रैक्टिव है!!
"यह स्मेल तो अट्रैक्शन की ए, बी, सी,
का "ए" है!"
"कैसे?"
"देखो!
क्या आपने कभी सुना है कि जंगल में कोई
शेर या शेरनी परफ्यूम लगा कर निकले?"
"नहीं!"
"कोई बर्ड या कोई इन्सेक्ट??"
"नहीं!!"
"वो अपनी नेचुरल स्मेल के साथ ही रहते हैं!
लेकिन फिर भी एक–दूसरे को अट्रैक्ट करते हैं!!
इसी नेचुरल गंध के कारण!!
एक इंसान परफ्यूम यूज करता है!
अपनी बैड स्मेल को अच्छा करने के लिए!!
natural power of attraction को तो उसने
'किल' कर दिया!!

और यह स्मेल पूरी बॉडी से पैदा होती है
अगर कोई शराब पी कर
गुटखा खा कर
या इलायची चबा कर भी जाता है तो भी
वो उस नेचुरल स्मेल को किल करता है।
अपनी 'नेचुरल पॉवर ऑफ अट्रैक्शन'
को खो देता है!!"
वो मुझे हैरानी से देख रही थी।
"नहीं समझी?"
मैंने कमरे में रखे एक नकली और
एक असली फूल को उठाया।
उसे दोनों फूल दिए।
"इन दोनों फूलों में से
देखो किसकी खुशबू अच्छी है?
किसकी अट्रैक्ट करती है?"
उसने दोनों फूल सूंघ कर देखे।
"ये वाले फूल की!!"
"वो इसलिए क्योंकि यह फूल असली है।
इसकी स्मेल अच्छी है।
दूसरा नकली है। खुशबू नकली है।
असली में नेचुरल पॉवर ऑफ अट्रैक्शन है!!
जो नकली में नहीं है!
जो अट्रैक्ट करता है
उसे क्यों खत्म करते हो?"
"आज तक सोचा नहीं!!"
उसके बाद!!
हम मिलने लगे!!

फिर एक दिन मैं सुनिधि से
कॉफी शॉप पर मिला। टेबल पर हम
दोनों के बीच में
कॉफी और कुछ स्नैक्स भी रखे थे।
वो खामोशी से
कॉफी के कप में चम्मच हिला कर चीनी को
मिक्स कर रही थी।
मैं उसके चेहरे पर झूलते
उसके खुले बालों को देख रहा था।
हवायें उनसे
कुछ बदतमीजियों से पेश आ रही थीं।
उसकी लटें बार–बार
उड़ कर उसके चेहरे पर आ जाती थीं।
फिर जिन्हें वो हाथ से
वापस ऊपर कर देती थी।
हर आशिक की तरह मेरे दिल में
यह शायराना ख्याल कौंधा
कि क्यों नहीं मैं ही हवा का
वो झौंका बन जाता?
अपनी उंगलियों से उसके बालों से
खेलना कितना अच्छा होता!!
मैं मुस्कराया।
मैंने खुद को पागलपन से भरे अपने
इस ख्याल से
दूर ही रखा
मैंने सुनिधि को चुप देख कर कहा–"ऐसे ही
चुप बैठने से काम नहीं चलेगा?"

"कई बार
खामोशियों में भी प्यार होता है!!"
"वो कैसे?"
"दो प्यार करने वाले
जो आमने–सामने मौजूद हैं..
जरूरी नहीं कि बातें ही करें
कभी–कभी कुछ कपल बातें करना नहीं जानते
इसका मतलब यह नहीं कि
दोनों में प्यार नहीं है
या दोनों वहां बेवजह बैठे हैं
दो प्रेमियों के बीच बातें 'होना' जरूरी नहीं,
दोनों का 'होना' जरूरी होता है!!"
"अरे! पर कुछ तो कहो!"
सुनिधि अभी भी चम्मच कॉफी में घुमा
रही थी–"मैं सोच भी
नहीं सकती थी कि कोई मेरी जिन्दगी में
इस तरह अचानक से भी आयेगा।"
"हां ! माफी से कॉफी तक!"
मैंने कॉफी की तरफ इशारा किया।
"अब कॉफी तक काफी होगा?" वो कॉफी को
हिलाना बंद कर चुकी थी।
"अभी तो कॉफी टेबल तक आई है...!"
अब मैं भी अपनी कॉफी में शुगर क्यूब्स
मिक्स कर रहा था–"अभी तो कॉफी में
शुगर क्यूब्स मिक्स करनी है
ताकि इसकी मिठास बढ़ सके...!" मैंने कप
उठा कर कॉफी को

सिप किया–"...और कोई इसे अपने होंठों से लगा कर सिप कर सके।"

सुनिधि ने मुस्करा कर मेरी तरफ देखा–"कॉफी गर्म हुई तो मुंह जला बैठोगे?"

"चिंता नहीं । कॉफी पर ऊपर जो मुलायम झाग
होती है वो मुंह नहीं जलाती लेकिन
कॉफी का स्वाद बता देती है।"

"तो कैसा लग रहा है इस कॉफी का स्वाद?"

"लाजवाब!"

"तो अब?"

"अब क्या? शेर के मुंह खून लग जाए तो
वो नरभक्षी हो जाता है!"

"तुम्हारे मुंह कॉफी लग गई है ! क्यों?"

"हाँ!"

"तो अब इस प्रेम भक्षी का क्या होगा?"

"शादी!"

मैंने मुस्करा कर सुनिधि का हाथ पकड़ा।
सुनिधि ने मुस्करा कर अपना दूसरा
हाथ मेरे हाथ पर रख दिया।
यह उसकी स्वीकृति थी।
हमारी शादी हो गई।
वो दुल्हन के रूप में मेरे सामने थी।
आज वो गुलाब की ड्रेस नहीं पहने थी। लेकिन...
लाल सुर्ख जोड़े में गुलाब ही लग रही थी।
ये मेरे लिए ही नहीं, उसके लिए भी सपने जैसा था।
एक सपने के पूरा होने जैसा।
कैसा लगता है जब दो प्यार करने वाले

एक हो जाते हैं।
सभी नहीं होते। सभी को उनकी चाहत
नहीं मिला करती।
मंजिलें पता होती हैं..रास्ते पता होते हैं..
लेकिन मंजिलें मिलती नहीं!
जिसे चाहा वो तुम्हारा हो गया...
तुम्हें मिल गया!!
यह अदभुत है!!
सोचा हुआ...जो पूरा नहीं होता वो
हसरतों के रूप में रह जाता है!!
मैं खुशनसीब था।
सचमुच! खुशनसीब था।
हम दोनों फूलों की सेज पर थे।
मेरी सुहागरात!!
उसकी सुहागरात!!
हम दोनों की!
फूलों की खुशबु महक रही थी!
मुझे सिर्फ उसकी खुशबुओं का
अहसास हो रहा था।
उसने चेहरे पर थोड़ा घूंघट किया हुआ था।
वो चाहती थी कि शादी के बाद मैं ही
सबसे पहले उसकी सूरत देखूं।
मेरी चाहत कहां उससे अलग थी।
शादी के बाद वो भी मुझे वैसे ही देखने वाली थी
जैसे इस वक्त मैं उसे!
सुनिधि की आंखें सुखद एहसास में बंद थीं,
जैसे सपना देख रही हो!!

वो मदहोश थी–"ये सपना है या हकीकत?"
मैंने अभी उसे छुआ ना था–"आँखें खोल कर देख लो।
जो सपने में देख रही थी, वो सामने हो
तो समझ लेना कि
हकीकत है, नहीं तो सपना!"
"आंखें खोलने से डरती हूं!!"
"क्यों?"
"अगर ये वाकई सपना हुआ तो?"
मैंने चेहरे पर झूलती उसकी लट को धीमे से फूंक मार
कर पीछे किया।
"तो मैं तुम्हें छू कर इसे हकीकत बना दूंगा।
तुम आंखें तो खोलो!"
सुनिधि ने एक गहरी साँस भरी–"आज तक कई लड़कियों
को दुल्हन बने देखा लेकिन नहीं जानती थी कि
खुद दुल्हन होने का अहसास क्या होता है।
मालूम होता है कि किसी और ही दुनिया में हूं।
अहसास भी कितनी अजीब चीज हैं।
मैं 'वही' हूं
लेकिन आज सभी अहसास बदल गये से हैं।"
"ये प्यार की दुनिया के अहसास हैं।
ये हमारी दुनिया है।"
"हां ! मेरी और आपकी!"
"अरे !"
"क्या हुआ?"
"ये मेरे तुम्हारे बीच में 'आप' कहाँ से आ गया ?
ये कौन है भई?"
"अब आप मेरे पति हैं तो और क्या कहूंगी?"

"खड़ी कर दी ना पति और प्रेमी के बीच में दीवार?"
"तो?"
"इस दीवार को गिरा रहने दो! पति तो मैं दुनिया की निगाहों में रहूंगा। तुम्हारी निगाहों में तो मैं हमेशा तुम्हारा प्रेमी ही बने रहना चाहता हूं।"
""फर्स्ट नाईट है इसलिए मस्का लगा रहे हो?"
"फर्स्ट लव है इसलिए उसकी नींव मजबूत कर रहा हूं।"
"फिर तो वो भी कहो जो अक्सर प्रेमी
ऐसे मौकों पर कहते हैं!"
"वो क्या?"
"मैंने सोचा भी नहीं था कि मुझे इतनी खूबसूरत
बीवी मिलेगी ! वगैरहा–वगैरहा!"
"नहीं ! मैं ये नहीं कहूंगा!"
"क्यों ? क्या तुम्हें खूबसूरत बीवी नहीं मिली?"
"इसलिए तो कहा कि मैं ऐसा नहीं कहूंगा
क्योंकि मैं
पहले से जानता था कि मेरी शादी एक खूबसूरत
लड़की से ही होगी।"
"अगर कहीं ना होती तो?"
"सेल्फ–कॉफिडेंट यानी आत्म–विश्वास भी तो कोई
चीज होती है । मन ने जिस चीज को ठान
लिया हो वो अक्सर मिल जाया करती हैं।"
"ये तो अपना–अपना एक्सपीरिएंस है।
कभी किसी को
मिल जाया करती हैं, कभी किसी को नहीं!"
"तो समझो मुझे मिल जाया करती हैं!"
उसकी आवाज में गम्भीरता आ गई थी–"कभी–कभी

चीजें मन मुताबिक नहीं मिलतीं तो दिक्कत होती है
या मिल जाती हैं
लेकिन मन के मुताबिक रहती नहीं,
ऐसे में उनसे मन उखड़ने लगता है क्योंकि फिर वो
हमारी एक्सपेक्टेशन्स को पूरा नहीं करतीं।"
"क्या कहना चाहती हो?"
"ये... कि माना हमने किसी गुलाब को पसंद किया
और थोड़े समय बाद वो मुरझाने कुम्भ्लाने लगा तो
हमारी उसके प्रति सोच बदल जाती है।
तब वो हमें हो
सकता है कि अच्छा लगना बंद कर दे और हम दूसरे
ताजे खिले गुलाब की तरफ अट्रैक्ट होने लगें।"
"ओह ! तो ये खतरा मंडरा रहा है
तुम्हारे दिमाग में?
माई डीयर सुनिधि!
मेरे प्यार के मामले में ऐसा नहीं है।
मैं सूखे हुए गुलाबों को भी अपनी किताब के
पन्नों में सम्भाल कर रखता हूं।"
"हां! लेकिन फिर वो पन्ने खोले कहां जाते हैं!
गुलाब पन्नों के बीच में पड़ा
कहीं दम तोड़ता रहता है!
अक्सर उन्हें रखने वाले ये भी भूल जाते हैं कि
वो है किस किताब में!"
"हां ! लेकिन तुम इतना क्यों सोच रही हो?"
मैंने सुनिधि की
ठोढ़ी पकड़ कर मुस्कराते हुए कहा—"मेरे 'इस' गुलाब को
किताब के पन्नों में रखने की नौबत नहीं आने वाली!

लेकिन... अब मुझे मेरी जिन्दगी की 'इस'...!"
मैंने उसका घूंघट उठाया–"...किताब का पहला पन्ना खोलने तो दो!"
मैंने उसका घूंघट पलट दिया और उसका चेहरा अपने हाथों में भर लिया।
वो मेरी तरफ देख रही थी। मैंने अपने अधरों को उसके अधरों की तरफ बढ़ाया!
मैंने एक गहरी सांस ली।
"हां! यह तुमने अच्छा किया!!"
"क्या अच्छा किया?"
"आज परफ्यूम नहीं लगाया!!"
"मुझे तुम्हारा वो लेक्चर याद था...!"
"बॉडी स्मेल वाला...पॉवर ऑफ अट्रैक्शन वाला??"
"हां!"
"सचमुच! अगर तुम परफ्यूम लगाती तो
आज मैं तुम्हारी असली खुशबू को
महसूस नहीं कर पाता!"
मेरी सांसें तेज होने लगीं।
मेरे होंठ गर्म भाप उगलने लगे।
"तुम भी महसूस करो इस 'पॉवर ऑफ अट्रैक्शन" को!!"
मेरे रोम–रोम पर नशा छा रहा था।
मैं अपने अधरों को
उसके अधरों के
बहुत पास ले आया था
अगले ही पल मैं उसे अपनी बाँहों में
खींच लेने वाला था।
अचानक उसने अपना चेहरा पीछे खींच लिया।

वो बिलकुल सामान्य थी।
"क्या हुआ?" मैंने बौखला कर पूछा।
"ना जाने क्यों मुझे लगा कि अचानक तुममें से
प्यार कहीं चला गया है और उसकी जगह
भूख ने ले ली है!"
"न...नहीं तो!"
"तुम्हारा मेरे साथ यह बेसब्रापन!!"
"अक्सर "फर्स्ट नाईट में
लड़कियों के साथ ऐसा ही होता है।
कुछ लड़के शादी को सिर्फ शारीरिक जरूरत ही समझ
कर इस रिश्ते को वैसे ही निभाते हैं!
कहीं तुम भी तो?"
"आई एम सॉरी!! शायद मैं
ऐसा हो गया था। कुछ पल के लिए।"
"कुछ पल के लिए तुम प्रेमी से पुरुष बन गये थे?
तुमने सोचा होगा कि हम
कोई एक–दूसरे से अनजान तो हैं नहीं!
जो हमें सुहागरात पर एक–दूसरे को जानने
की कोशिश करनी चाहिए!"
"अरे पर?"
"सीधे और आसान शब्दों में कहूं तो प्यार वो दाल है जिसमें
बाद का तड़का उसे स्वाद देता है...
बिना दाल के सीधे तड़के को ही खाया...
तो वो बेस्वाद ही लगेगा ना!!"
"ह...हाँ! सॉरी!!"
"उसकी कोई जरूरत नहीं! मैं तुम्हारी गलतियों को
माफ कर सकती हूं!!

तुम्हारे सॉरी के बगैर भी!!
हर बार!!"
सचमुच मैं गलती पर था।
थोड़ी देर के लिए मेरे अंदर का पुरुष सचमुच
मुझ पर हावी हो गया था!!
उस रात वो मुझसे प्यार पर डिस्कशन करती रही!!
उसकी उंगलियां मेरी उंगलियों में 'लॉक' थीं!!
वो अहसास भी अदभुत थे!!
जो 'उसने' मुझे दिए।
उसने ठीक ही तो कहा था...
दाल पकने के बाद ही
तड़का तैयार भी किया जाता है
और
लगाया भी जाता है!!!
उस रात मैंने उसे छुआ भी नहीं!
सुबह उसी ने मुझे छुआ।
अपने भीगे...
झुके हुए चेहरे पर झूलते हुए बालों से!
अपने मुस्कराते हुए होंठों से!
अपनी मदमाती हुई आंखों से!
अपनी रेशमी देह से!
जो मेरे शरीर से टकरा कर
चिंगारियां पैदा कर रही थी!
पल हसीं हों तो जिन्दगी
हंसी–हंसी में बीत जाती है
पता ही नहीं चलता।
आकाश में पंछी को देखो तो देखते–देखते दूर

निकल जाता है पता ही नहीं चलता।
वो आंखों से ओझल भी हो जाता है!!
लोग कहते हैं कि...
डूबते हुए सूरज को देखना अच्छा
नहीं होता।
लेकिन मैं अक्सर देखा करता था।
मुझे वो पल बहुत खूबसूरत लगते थे।
आप किसी मुश्किल
में हैं तो डूबते हुए सूरज को देखना आपके मन को
नेगेटिव फीलिंग्स देगा।
लेकिन आप खुश हैं तो यह
अहसास बहुत खूबसूरत होते हैं। उस वक्त
सूरज सिंदूरी
सुर्खी लिए होता है। उसे आप बहुत तेजी से
धरती के पीछे
ओझल होते हुए साफ देख सकते हो।
उसकी गति को
महसूस कर सकते हो। वो अपनी धरती से
मिलने की जल्दी में
होता है! सूरज के ढलने के साथ ही
दिन भी ढल जाता है। पंछी अपने घरों को लौटने
लगते हैं। मैं भी वैसे ही लौटता था।
हर शाम!
उतनी ही बेसब्री से!
दूरियों की तड़प तब मालूम पड़ती है जब
कोई पास नहीं होता!
ऑफिस जाते हुए मैं भी अक्सर

सुनिधि से कहा करता था
कि तुम तो वहां भी हमेशा मेरे पास होगी।
लेकिन यह कोरी बातें हैं!
मन बहलाने की बातें!!
मैं जानता था कि उसकी कमी मुझे कितना खलती थी।
कोई ख्यालों में है तो उसका क्या करेंगे?
यह सब कोरी कल्पनायें हैं कवियों लेखकों की!!
वास्तविकता से कोसों दूर!!
कोई सामने है...प्रत्यक्ष है तो उसके ख्यालों में भला
वो अहसास कहां?
वो लोग रहें ख्यालों में जिनके पास कोई नहीं
मेरे पास वो थी।
समय पंख लगा कर उड़ रहा था।
फिर उस दिन!!
उस सुबह!!
मैं अपने ऑफिस के लिए तैयार हो रहा था!!
शर्त लगी थी कि पहले उसका नाश्ता तैयार होगा या मैं!!
मैं ज़ल्दी–जल्दी कपड़े पहन रहा था। मेरा लैपटॉप
वहीँ टेबल पर रखा था।
सुनिधि नाश्ते की ट्रे लेकर
आ रही थी। उस वक्त मैं शर्ट के
बटन बंद कर रहा था।
अंदर आते हुए दरवाजे पर ही अचानक उसे एक हल्का
चक्कर सा महसूस हुआ ऐसा मुझे लगा।
पर उसने कहा कि...
वो ठीक है।
"मैं जीत गई! पहले मेरा नाश्ता तैयार हो गया!"

"जीत फिर भी मेरी ही हुई है।"
"भला वो कैसे?" उसने नाश्ते की ट्रे को मेज पर रखा।
"तुम्हारी जीत में भी तो मेरी ही जीत है!
नहीं?" मैं टेबल की तरफ बढ़ा।
"ये तो चीटिंग है!"
"और ये चीटिंग मैं हमेशा करते रहना चाहता हूं!"
मैंने शरारत से उसका हाथ पकड़ा।
"अभी नाश्ता! ऑफिस को लेट हो रही है!"
उसने झटके से अपना हाथ छुड़ाया।
उसे लगा था कि मैं अभी उसे उठा लूँगा और बेड–रूम की तरफ ले जाऊंगा!!
मैं अभी भी शरारत से उसे ताक रहा था–"नाश्ता तो भूख पर डिपेंड करता है?"
"तो क्या भूख नहीं लगी?"
"भूख तो लगी है लेकिन आलू के परांठों से वो नहीं मिटने की।"
मैंने उसे अपनी बांहों में कस लिया।
वो छोड़ो! छोड़ो! कहती रही!
मैंने नहीं छोड़ा।
और कस लिया।
मेरा गाल उसके गाल से टच कर गया था!!
वो चिहुंक पड़ी–"आउच!!"
"क्या हुआ?"
"तुम्हारी दाढ़ी बढ़ी हुई है!!
कांटों की तरह चुभ गई!!"
"ये तो मर्दों की निशानी है माई डीयर सुनिधि!!"
"तो फिर शेव क्यों बनाते हो? बढ़ने दिया करो!

झूलने दिया करो घुटने–घुटने तक!!"
मुझे होश कहां था जो मैं उसकी बातें सुनता!!
मैं उसके नाभि मंडल तक झुक चुका था।
मेरे होंठ उसे छू रहे थे।
"तुम एक लड़की में क्या खूबसूरत देखते हो?"
उसने अचानक पूछा।
उसने मुझे सिर से पकड़ कर
मेरा चेहरा ऊपर अपनी तरफ किया।
"यह कैसा सवाल है? एक खूबसूरत लड़की तो
हर जगह से
खूबसूरत ही होती है!"
"फिर भी बताओ तो? मैं पूछ रही हूं?"
मैंने 'आह' भरी–"सबसे खूबसूरत यहां...
ये...नाभि मंडल!
तुम्हें पता है जब लड़कियां इसे 'ओपन' करके
चलती हैं तो...
हर मर्द...
इसे घूरता है! कोई कितना भी
इनकार करे...
पर घूरता है"
"तुम भी?"
"क्यों? मैं मर्द नहीं हूं क्या?"
मैं उसके सामने मुस्कराते हुए खड़ा था
और अपनी नशीली होती आंखों से
उसकी नशा पैदा करती आंखों में झांक रहा था
"और इसके अलावा" ??
"लड़की के कर्व्ज! उनका तो मैं फैन हूं!"

"और?"
"खुले हुए बाल?
तुम्हें पता है एक साधारण औरत
भी अपने बाल खोल ले तो
उसकी ब्यूटी में अदभुत निखार आ जाता है!
ये जाल हैं माई डीयर सुनिधि।
जुल्फों के जाल!!"
"और?"
"क्या और और कर रही हो?
चलो अंदर बाकी और वहीं चल कर बताता हूं!"
"मैं तुम्हारी शरारत समझती हूं। चुपचाप बैठ कर
आलू के परांठे ही खाओ।"
मैंने महसूस किया था कि उसकी आवाज
की 'टोन' बदल चुकी थी
पता नहीं शायद मेरे लड़की की खूबसूरती
के बारे में ख्यालात जानकर!!
उसकी मुस्कराहट ना जाने कहां चली गई थी
"और तुम अब सारा दिन क्या करोगी?"
मैं नाश्ता ही करने लगा।
जानता था देर हो रही है।
जिन्दगी खाली
प्यार से चलती होती तो कितना अच्छा होता।
"मेरे पास बहुत काम हैं घर के।"
"बस काम ही करोगी?"
"तो क्या आपके साथ ऑफिस चलूंगी?"
"नहीं! मेरा मतलब था कि मुझे फोन तो करोगी?"
"हां! समय मिला तो!"

"ये शादी तो सजा हो गई।"
"क्यों ?"
"आठ घंटे तुमसे दूर रहना होगा।"
"दूरियां नजदीकियों को और पास लाती हैं।"
"कहने की बातें हैं।"
"लेकिन हैं तो सही।"
"मानना ही पड़ेगा।"

सुनिधि को अचानक फिर से चक्कर आया। वो गिरने को हुई। मैंने उसे थाम ना लिया होता तो वो गिर ही जाती।

मैं चिल्लाया–"सुनिधि! क्या हुआ? उफ! तुम्हारी तबियत ठीक नहीं है! मुझे पहले ही लगा था।"

मैंने उसे सोफे पर लिटाया–"तुमने बताया क्यों नहीं? ये अभी हुआ या पहले भी?"

"कुछ देर पहले भी लगा था जब नाश्ता लेकर अंदर आ रही थी।" उसने माना।

"तो तब क्यों नहीं बताया? मैंने पूछा भी था।"
"मुझे लगा ऐसे ही था।"
"अभी तो मैं यहाँ था। चला जाता और पीछे से कुछ हो जाता तो? तुम भी कमाल करती हो सुनिधि।"

मैंने जेब से फोन बाहर निकाला–"मैं डॉक्टर को बुलाता हूं।"
"नहीं! रुको! मैं अब ठीक हूं। ऐसा कुछ नहीं है।"
"तुम बस चुप रहो।" फोन लग गया था–"यस डॉक्टर निधि!
मैं आपका वेट कर रहा हूं!
प्लीज!
जितना जल्दी हो सके।"
"अरे ! रात देर से सोई थी शायद इसीलिए...।
तुम सोने कहां देते हो?"

"कहा ना चुप रहो!"
डॉक्टर निधि जल्दी ही आ पहुंची।
मैं उसका इंतजार कर रहा था–"आइये डॉक्टर!"
उसने आते ही सुनिधि से
पूछा–"क्या अभी भी चक्कर आ रहा है?"
"नहीं ! अब तो नही!"
डॉक्टर निधि ने उसका पूरा चेकअप किया फिर अपना
स्टेथोस्कोप रखते हुए मुस्कराते हुए बोली–"आपको
अब खास देखभाल की जरूरत है मिस सुनिधि!"
"जी! मतलब?" मैंने कुछ भी ना समझते हुए पूछा था।
"आपके लिए खुशखबरी है। आप पापा बनने वाले हैं!"
"क्या? मैं... पापा?"
सुनिधि के चेहरे पर एक अनोखी मुस्कान दिखाई पड़ी!!
मेरे तो जैसे पांव ही जमीन पर नहीं पड़ रहे थे!
डॉक्टर निधि ने कहा–"यस मिस्टर आदि! आप इन्हें
मेरे क्लिनिक ले आयें, मैं इनका पूरा चेकअप करके
कुछ दवायें लिख दूंगी जो इन्हें देना जरूरी हैं।"
"मैं बस थोड़ी ही देर में पहुँचता हूं।"
"ऑल द बेस्ट!"
मैंने डॉक्टर को दरवाजे से विदा किया वापस
आकर सुनिधि के पास बैठ कर उसका हाथ
अपने हाथों में लेकर जब मैं बोला तो मेरी खुशी
देखते ही बनती थी–"तुम ठीक कहती थीं सुनिधि।
दूसरी लड़कियों को दुल्हन बने हुए तो बहुतों
को देखा लेकिन दुल्हन बनने के जिस अहसास को
तुमने खुद महसूस किया था आज पापा बनने
का वही अहसास मुझे भी हो रहा है।

मैं बाप बनूंगा।
उफ!
सोच कर बड़ा अजीब सा लग रहा है।"
वो मुस्कराती रही—"मैं तुम्हें बता नहीं सकता सुनिधि
कि इस वक्त मेरा पूरा शरीर किस रोमांच
से होकर गुजर रहा है। तुम्हें कैसा लग रहा है?"
"ये उन पलों से भी ज्यादा खूबसूरत पल हैं जब
मुझे पहली बार आपसे प्यार का अहसास हुआ था।"
"हां! क्योंकि प्यार तो गंगोत्री की तरह उद्गम है।
गंगा तो वो आगे आकर ही बनता है।"
"मैं चाहती हूं हमारा प्यार भी गंगा की तरह
हमेशा हमारे बीच बहता रहे।"
"जरुर बहता रहेगा। लेकिन 'इन' धाराओं की तरह
नहीं।" मैंने उसकी आंखों में आंसू महसूस किये थे।
उन्हें मैंने अपनी ऊँगली से साफ किया और
उसे अपने सीने से लगा लिया।
वो मेरे सीने में और ज्यादा दुबक जाना
चाहती थी—"ये धारायें भी तो
जिन्दगी का ही हिस्सा हैं।"
"हां!
लेकिन अब तुम्हें अपना बहुत ध्यान रखना होगा।
मुझे बताने की शायद जरूरत नहीं होगी
क्योंकि तुम जानती हो कि ऐसे में गलतियों की
गुंजाइशें नहीं होतीं। या तुम ठहरो!"
मैंने लैपटॉप को उठाया—"मैं अभी तुम्हें एक प्रेग्नेंट
की सारी रेस्पोंसिबिलिटीज की डीटेल
निकाले ही देता हूं।"

"अरे! मुझे कुछ–कुछ पता है!"
"कुछ–कुछ से काम नहीं चलेगा।
सब कुछ पता होना चाहिए!"
मैं कहां मानने वाला था।
मैंने सारी डीटेल निकाली।
"ये देखो! डू एंड डोंट! क्या करना है क्या नहीं,
सब लिखा है। क्या पहनना है, क्या खाना है, कब खाना है,
क्या देखना है, क्या पढ़ना है, योगा, सब कुछ!"
"हां बाबा! मुझे मालूम है! मैं कर लूंगी।
तुम लेपटॉप मुझे दो।"
मैंने लैपटॉप उसे दिया–"वैसे एक बात है।"
"वह क्या?"
"इस एक और नये अहसास के साथ
तुम्हारी खूबसूरती
में चार चाँद लग गये हैं!"
"चांद एक ही होता है और वो इस समय मुझे...!"
उसने अपने पेट को स्पर्श किया–"...मेरे भीतर
महसूस हो रहा है!"
"थोड़ा इन्तजार और करो। ये जल्दी ही हमारे
आंगन में उतरेगा।"
समय को पकड़ना किसी के वश में होता तो
खुशी के सारे पलों को पकड़ कर बैठते!
उन्हें बीतने
ना देते! लेकिन फिर खुशियों के आने वाले पल
कैसे हम तक पहुँचते?
शायद हम वही सब कुछ कर
रहे थे जैसा कि ज्यादातर पति–पत्नी ऐसे समय

की खुशियों के लिए करते हैं।
उन्हें यादगार बनाने के
लिए करते हैं। मैं उसका ध्यान रखने में कोई कसर
नहीं रख छोड़ रहा था।
ऐसे में हम कुछ ज्यादा
ध्यान देने लगते हैं। मैं खुद अपने हाथों से उसे
फल काट कर खिलाता था।
उसकी अपने आप
खाने की जिद्द को मैं नहीं चलने देता था।
वो मना करती।
मैं और जिद्द करता था–"मुझे कुछ
बहाना नहीं चाहिए। ये सारे फल तुम्हें अभी
खत्म करने होंगे।"
"ओफो बाबा! कर लूंगी।"
"इन दिनों तुम्हें अच्छा सोचना चाहिये।
अच्छा देखना चाहिए।
देखो मैं तुम्हारे लिए क्या लाया हूं?"
मेरे हाथ में फोल्ड किये हुए पोस्टर्स थे।
वो फल खाते हुए बोली–"ये क्या है?"
"तुम खुद ही देख लो!" मैंने पोस्टर्स को खोल कर
उसके सामने किया। वो नवजात बच्चों के पोस्टर्स थे।
कुछ खिलखिलाते। कुछ शैतानियों से भरे।
बेहद खूबसूरत नन्हें बच्चों के पोस्टर्स!
सुनिधि उनमें अपने बच्चे की इमेज देखने
लगी थी–"कितने प्यारे हैं!"
"मुझे भी ऐसे ही चाहिये।"
"आप मेरी एक्साईटमेन्ट को और बढ़ा रहे हैं।

मैं सोच रही हूं कि वो पल जल्दी ही क्यों नहीं आ जाता।"
मैं पोस्टर्स को दीवार पर लगाने लगा–"इतनी जल्दी करोगी तो समय निकालना मुश्किल हो जाएगा। तुमने कभी रेलवे–स्टेशन पर ट्रेन का इन्तजार किया है?"

"नहीं!" वो फल खाते हुए मुझे देख रही थी। या शायद पोस्टर्स को।

"तभी तुम्हें नहीं पता कि कभी–कभी वो दो मिनट भी दो घंटों की तरह लगते हैं जो ट्रेन के इन्तजार में बिताये जाते हैं। कमबख्त ट्रेन आकर ही नहीं देती। आदमी बस पटरियों की तरफ कभी दायें झांकता है कभी बायें। हद तो तब हो जाती है जब ट्रेन आनी होती है दायें से और हम बायें भी देखने लगते हैं कि शायद इसी ओर से आ जाए। हाहाहा।"

हम दोनों ही हंसने लगे।

"अरे!" मैं ऐसे चौंका जैसे कुछ भूल गया होऊं! पोस्टर लगा कर मैं सुनिधि की तरफ बढ़ा।

"क्या हुआ? कुछ भूल गये?"

"हां! बहुत जरूरी...कुछ?"

"क्या?"

"हमने अभी तक अपने बच्चे का नाम भी नहीं सोचा!"

"ओह! लेकिन पहले बच्चे को आने तो दो। लड़का है या लड़की उसके बाद ही तो नाम डिसाईड होगा।"

"आजकल सब कुछ फास्ट होता है माई डीयर! नाम अभी डिसाईड होगा।"

"लड़के का या लड़की का?"

"दोनों का।"
"क्यों? क्या जुड़वां की उम्मीद है?"
"क्या जुड़वां होते नहीं?"
"होते हैं।"
"मैं तो छह से नौ बच्चों तक सुना है!"
"मैं तो पैदा करते–करते ही मर जाऊँगी! फिलहाल एक के बारे में सोचो!"
"हम दो नाम सोच कर रखेंगे। मैंने सोच लिए हैं।"
"सचमुच बहुत फास्ट हो! बताओ तो!"
"लड़की हुई तो सुहानी, लडका हुआ तो स्मरण। क्योंकि दोनों ही हमारी सुहानी यादों के प्रतीक हैं। और अब तुम जल्दी से तैयार हो जाओ। मैं तुम्हें...!" मैंने उसे पिक्चर के टिकट दिखाते हुए कहा–"...पिक्चर दिखाने ले जा रहा हूं। आज नवरात्रा भी है। मां भगवती की शोभा यात्रा भी निकलनी है। वापसी में देखेंगे।
तुम्हें हमेशा खुश रखने के लिए मैं
कुछ भी कर सकता हूं।"
"मेरी खुशी को क्या हुआ? आप साथ हो तो
वो कहां जाने वाली है!!"
मुझे लगता था कि मैंने कभी उसे समझने की कोशिश नहीं की थी। बस यही समझता रहा कि मैं उसे समझता हूं। मुझे याद है वो पल।
उस समय सिनेमा में कोई
आईटम सॉंग चल रहा था।
मैं उसे बड़े चाव से खुश होकर देख रहा था।
आईटम गर्ल को देख कर मैंने

आह भरी–"क्या चीज है!"
सुनिधि ने मुझे मुझे घूर कर देखा।
"किसकी बात कर रहे हो?"
"पर्दे पर जो नाच रही है उसकी। और किसकी? मस्त है।"
वो गम्भीर थी–"लेकिन आपने एक शब्द का इस्तेमाल किया है आदि?"
"किस शब्द का भई?" मैंने होले से कहा।
मेरी निगाहें अभी भी स्क्रीन पर चलते आईटम गर्ल के डांस पर थीं।
"चीज!"
"हां तो क्या हुआ? ऐसा ही तो कहते हैं। मैं अकेला थोड़े हूं कहने वाला। इसमें क्या हुआ?"
"इस शब्द में नारी के सम्मान की भावना नहीं दिखती।"
"अरे वो डांसर है कोई देवी या देवी का अवतार नहीं।"
उसका ध्यान पिक्चर से उखड़ गया था–"सबसे पहले वो एक औरत है। मेरी और दूसरी औरतों की तरह।"
"हां ! पर वो आईटम सॉग कर रही है? और मैं उसकी तारीफ कर रहा हूं।"
मूवी खत्म हो गई तो हम दोनों उठ कर बाहर आ गये।
सुनिधि अभी तक उसी सीन में अटकी थी–"ये तारीफ करने का तरीका नहीं। मुझे पहली बार औरत के लिए आपका

बदला हुआ रूप दिखाई दिया। कहीं ये आपके
अंदर भी सोसायटी के छुपे हुए मर्द का
असली रूप तो नहीं?"
"सोसायटी? मर्द?" मैं भी उसका यह बदला हुआ रूप
देख रहा था–"तुम ये क्या लेकर बैठ गईं?
क्यों ज्यादा सोच रही हो? वो नाच रही थी।
मुझे उसका नाच अच्छा लगा। वो नाचती हुई
अच्छी लगी। कह दिया।"
"नाच नहीं,
ये बोलो कि उसकी न्यूडिटी अच्छी लगी?"
"अरे मुंह से निकल गया। तुमने तो बात पकड़ ली।
उसे मैंने तो नाचने को नहीं कहा।"
"आप लोग ऐसे नाच में इन्ट्रेस्ट लेते हो इसलिए
फिल्म निर्माता ऐसे नाच दिखाते हैं!"
"हां ! तो मैं उसमें क्या करूँ?"
"कभी सोचा है कि औरत को समाज में इस तरह
नचाने का कलंक किसने दिया?"
"मैं क्यों सोचूं?"
"वास्तव में यह कलंक ऐसी ही
सोचों का नतीजा
है। मैं कहती हूं कि क्यों देखते हो?
ऐसे नाच
आप देखते ही क्यों हो?
औरत को क्यों
नचाया जाता है? क्या वो कठपुतली है?
क्या वो मनोरंजन की चीज है?
मुझे तो हैरानी है

कि आज तक किसी ने इस प्रश्न पर सोचा ही नहीं।"
"तो तुम क्यों सोच रही हो?
वो खूबसूरत है।
अपनी खूबसूरती के साथ दिख रही है।
लोग देख रहे हैं।"
"यू.एन. की एक रिपोर्ट बताती है कि दुनिया की
आबादी का आधा हिस्सा महिलायें हैं और
एक औरत होने के नाते मुझे यह सोचना भी
चाहिए। कुछ प्रोग्रेसिव फिल्मों को छोड़ दें तो
ज्यादातर में औरत को पर्दे पर सेक्स ऑब्जेक्ट
के रूप में दिखाया जाता है।
भारतीय सिनेमा की
लगभग 35% महिलाओं को किसी न किसी प्रकार
से न्युडिटी के साथ दिखाया जाता है।
इनमें फूहड़?
आईटम सांग्स भी शामिल हैं।"
"ओ.के.! तुम्हें बुरा लगा!
आई एम सॉरी!!"
लेकिन थी अभी भी उसके चेहरे पर शिकन।
मैंने पूछा–"लगता है इस बार माफ नहीं करोगी?"
"नहीं! इट्स ओ.के.! मैंने कहा तो कि मैं
तुम्हारी गलतियों को माफ कर सकती हूं।
हर बार!
लेकिन नहीं चाहती कि तुम गलतियाँ करो।"
तभी सामने से निकलती नवरात्र देवी की शोभा–यात्रा
का शोर गूंजने लगा।
लोग रंग गुलाल उड़ा रहे थे।

ढोल इत्यादि बजा रहे थे। इस यात्रा में
सजी–धजी छोटी कन्याएं भी थीं।
हम दोनों उसे देखने के लिए रूक गये थे।
शोभा यात्रा आगे निकल गई तो वो फिर से
उसी टॉपिक पर आ गई–"एक तरफ हम नवरात्रे
में देवी के रूप में कन्याओं को पूजते हैं, दूसरी
तरफ उन्हें पर्दे पर 'चीज' के रूप में देख कर
खुश होते हैं। औरत को देखने का आदमी का ये
कौन सा नजरिया है?
क्या एक आदमी की यह
मेंटिलिटी eve-teasing, women harassment
और female feticide
की जिम्मेदार नहीं"?
क्या इसे रोकना नहीं चाहिए?
क्या इसे थामना नहीं चाहिए?
इसकी शुरुआत कौन करेगा?
क्या खुद एक
आदमी को ही इसकी शुरुआत नहीं करनी चाहिये?
आहहह!"
अचानक वो पेट दर्द से छटपटा उठी।
मैं घबरा गया। मैंने उसे संभाला।
"क्या हुआ?"
"पेट में दर्द हो रहा है। आह!"
"मैं तुम्हें डॉक्टर के पास ले चलता हूं।"
हम ऑटो से हॉस्पिटल पहुंचे।
डॉक्टर निधि के पास।
डॉक्टर निधि चेकअप के लिए उसे लेकर अंदर

चली गई।
मैं बेचैन था।
उसे क्या हुआ था?
पेट में दर्द यूं ही हुआ होगा?
ऐसे में हो जाता होगा।
बेचैनी दूर करने के लिए मैंने वहां रिसेप्शन पर
पड़ी मैगजींस उठा लीं और उसे पढ़ने लगा।
अपनी उस हालत में मैं शायद ना भी पढ़ता
लेकिन उस मैगजीन के टाईटल पर डिलीवरी
के बाद होने वाले स्ट्रेच मार्क्स के
ऊपर कुछ आर्टिकल लिखा था।
"स्ट्रेच मार्क्स? ये क्या है?" बडबड़ाते हुए मैं
उस आर्टिकल को पढ़ता चला गया।
थोड़ी देर बाद
ही डॉक्टर निधि सुनिधि के साथ बाहर आ गई।
"घबराने की बात नहीं है।
दो हफ्ते की प्रेगनेंसी है!
सब कुछ नॉर्मल है।
थोड़ा स्ट्रेस था! शायद कोई चिंता?
हल्का सा बी.पी. बढ़ा हुआ था।"
"ओह! थैंक्स डॉक्टर! मैं तो घबरा
ही गया था!"
"लेकिन अब बी केयर फुल!!"
"हां वो तो है ही!"
"मैं सुनिधि को कुछ बातें समझा दूंगी।"
"कुछ कौन सी?? मुझे भी पता होनी चाहिए।"
"आपको सुनिधि बताएगी!!"

उसने मुस्करा कर सुनिधि की तरफ देखा था।
सुनिधि भी मुस्कराई थी।
शायद कोई सीक्रेट था।
फिर मैंने नहीं पूछा।
"ठीक है! लेकिन डॉक्टर..?"
"हां हां कहिये!"
"इस मैग्जीन में यहाँ लिखा है
कि डिलीवरी के बाद
स्ट्रेच मार्क्स पड़ जाते हैं! अ... इफ यू डोंट माईंड
डॉक्टर तो मैं जानना चाहता हूं कि
इसका क्या मतलब है?"
डॉक्टर मुस्करा कर बोली–"डोंट वरी!
ऐसा होता है...!"
उसने क्लिनिक की दीवार पर लटके एक
स्ट्रेच–मार्क्स पोस्टर की तरफ इशारा करते हुए
कहा–"...डिलीवरी के बाद ये बहुत कॉमन सी बात है।
लेकिन ये कुछ समय बाद खुद ही हट जाते हैं।"
मैं उसे यू.एन. की महिलाओं की रिपोर्ट से ध्यान
हटाने के बारे में लेक्चर देता हुआ अस्पताल
से बाहर आया।
लेकिन सुनिधि का दिमाग अभी भी तनाव
में था–"आपने स्ट्रेच–मार्क्स की
बात डॉक्टर से क्यों पूछी?"
"मैंने मैगजीन में देखा, जानकारी
के लिए पूछ लिया।"
"डॉक्टर क्या सोचती होगी!"
"इसमें सोचना क्या है? पता तो होना चाहिए

ताकि उसकी केयर की जा सके।"

"हां ! लेकिन आपने जिस चिंता के साथ डॉक्टर से पूछा उससे मुझे चिंता हो गई थी।"

"क्यों तुम्हें क्यों?"

" 'मैं' उस दौर से गुजरने वाली हूं ना!"

"डॉक्टर ने कहा तो कि कुछ समय बाद हट जाते हैं।"

"हूं!!!"

"फिर सॉरी बोलूं क्या?"

"हां! तो इसमें हर्ज ही क्या है?"

"किसमें?"

"सॉरी में!"

"सुना तो ऐसा ही है कि दोस्तों...अपनों में 'सॉरी' 'थैंक्यू' नहीं होता!"

"क्यों नहीं होता? होना चाहिए! गलती पर सॉरी होना चाहिए। कुछ अच्छा किया है तो थैंक्यू भी होना चाहिए। इससे लगता है कि हम एक–दूसरे की भावनाओं को समझ रहे हैं। गलती महसूस ना करना अहम का हिस्सा है।

किसी का आभार
प्रकट ना करना भी अहम है।
गलती पर कोई
पार्टनर अपसेट है...टेंस है तो एक सॉरी से
उसकी टेंशन पिघल जाती है।
शुक्रिया कहने से
उसे अपने किये पर खुशी मिलती है।
इन शब्दों की
जरूरत आत्मीय और अटूट रिश्तों में ही

सबसे ज्यादा है! अगर पार्टनर ऐसा नहीं करते हैं तो समझो कि वो अपने–अपने अहम में जी रहे हैं। ऐसे रिश्तों की बुनियाद कमजोर होगी।"

मैंने टॉपिक चेंज करने के मतलब से कहा–"ओ.के.! अगेन सॉरी! छोड़ो अब इसे।

चलो तुम्हें गोलगप्पे खिलाता हूं।"

"हां! कुछ चटपटा खाने को मन भी कर रहा है।"

"तुमने मुझे तो बहुत खिला दिया मेरा मतलब चटपटा..आओ!"

हम गोलगप्पे वाले की स्टाल पर पहुंचे।

"लाओ भैया! खिलाओ गोलगप्पे।"

गोलगप्पे वाले ने हमें प्लेट्स दीं।

हम गोलगप्पे खाने लगे।

मैं सुनिधि की बातों को भी सोच रहा था। इससे पहले मैंने उसे ऐसा नहीं पाया था। या कहूँ कि इससे पहले मैं इस स्थिति से भी तो नहीं गुजरा था।

प्यार!

प्यार! और सिर्फ प्यार!

हमारी दुनिया अब तक वही थी।

मैंने कहा ना कि

हमने अब तक एक–दूसरे को सिर्फ दिल से ही जाना था। विचारों से नहीं! कभी–कभी दो लोग एक–दूसरे को सिर्फ दिल से ही जानते हैं। विचार बाद में उनकी जिन्दगी में आते हैं।

मैंने अभी के अपने विचारों को झटक कर उनसे पीछा छुड़ाया।

"ओफ्फ! बहुत तीखे हैं।"
"गोलगप्पों का मजा तो उनके तीखेपन में ही है।"
मैंने पूरा गोलगप्पा मुंह में रखा।
"भैया थोड़ा सौंठ डालना।"
मैंने दूसरा गोलगप्पा मुंह की तरफ बढ़ाया।
अचानक वो
फूट गया और उसमें भरा पानी मेरी कमीज पर
फैल गया। मैं झल्ला गया।
वो मेरी फेवरिट शर्ट थी।
मैंने पैसे दिए और हम आगे चले पड़े।
मेरा मूड ऑफ था। मैं अभी तक शर्ट को साफ
करने की कोशिश कर रहा था।
"उफ! कमीज पर सौंठ के दाग पड़ गये होंगे।"
"आजकल अच्छे डिटर्जेंट आते हैं।
दाग चले जायेंगे।"
"नहीं! कितना भी धो लो,
दाग शर्ट पर छूट ही जाते हैं।
मुझे तो लगता है कि ये शर्ट बर्बाद हो गई।"
"इतना क्यों सोच रहे हो?
हल्दी तक के दाग नहीं रहते।"
"दाग मुझे बर्दाश्त नहीं। ये शर्ट तो गई अब।
कम से कम मैं तो नहीं पहनने का।"
"साफ करने का एक मौका तो दोगे कि नहीं?"
"मेरे साथ ये बहुत बड़ी दिक्कत है सुनिधि।
एक बार मैं किसी चीज से हट जाता हूं तो
फिर दुबारा उसकी तरफ नहीं लौट पाता हूं।"
"अपनी इस आदत को बदलो।

ये सोच ठीक नहीं है।
कभी–कभी चीजों की तरफ वापस लौटना पड़ता है।
ये तो शर्ट है, याद है एक बार आपने मुझे
क्रिस्टल हार्ट दिया था और वो मुझसे टूट गया था।"
"हां! तुम बहुत अपसेट हो गईं थीं।"
"वो मेरी लापरवाही से नहीं टूटा था बल्कि
आपकी गिफ्ट की हुई चीज थी इसलिए उसकी
बहुत ज्यादा केयर करने के चक्कर में टूटा था।
मुझे रोज लगता था कि ये जगह उसके लिए
सेफ नहीं है। मैं रोजाना उसकी जगह बदल देती थी
और आखिर वो टूट गया।
टूटे हुए कांच को
कैसे रखती लेकिन उसे फेंकना भी
मेरे लिए सम्भव नहीं था।
तब आपने मुझे कुछ केमिकल लाकर दी थी ताकि
उसे जोड़ा जा सके। वो क्रिस्टल हार्ट आज भी मेरे
पास है। मेरे लिए आज भी वो अनमोल है।"
"हां ! जानता हूं!"
"इसलिए तो कहती हूं कि कभी–कभी चीजों की
तरफ वापस भी लौटना पड़ता है।
चीजों की वैल्यू के
हिसाब से हम कुछ बिगड़ी हुई चीजों को ठीक
कर सकते हैं। सवाल सिर्फ अपनी सोचों का
होता है कि हम ऐसा करना चाहते हैं या नहीं?"
"तुमने क्रिस्टल हार्ट को इसलिए जोड़ा क्योंकि
उसे मैंने तुम्हें दिया था।
ऐसी चीज को फेंकना

तुम्हें गंवारा नहीं हुआ लेकिन इस शर्ट के साथ
मेरी ऐसी कोई भावना नहीं जुड़ी हुई वरना शायद
मैं भी कुछ सोचता।
वैसे सही बात तो ये भी है कि
मुझे इसका कलर पसंद नहीं। मैं इससे
पीछा छुडाना चाह रहा था।
अब बहाना भी मिल गया।"
वो फिर कुछ सोचने लगी थी।
"तुम क्या सोच रही हो? कितना सोचने लगी हो?
वहां मूवी में भी तुम उस आईटम गर्ल को लेकर
पता नहीं क्या–क्या सोचे जा रही थीं।
अरे!
ऐसे में तुम्हें ज्यादा नहीं सोचना चाहिए।
नो एनी नेगेटिव फीलिंग्स!"
"जब बारिश होती है तो आसपास ठंडक का ही
अहसास होता है नाकि उमस या गर्मी का!
नदी से पानी ही मिलेगा और रेगिस्तान से गर्म
तपती रेत! बागों से होकर गुजरो
तो खुशबुओं को
पाओगे। कूड़े के ढेरों के आगे से निकलोगे तो
बदबुओं का ही अहसास होगा।"
"क्या मतलब?"
"मतलब ये कि नेगेटिव सोचों के लिए एक अकेला
इंसान जिम्मेदार नहीं है।
उसके आसपास के लोगों
को भी ऐसी कोशिशें करके वातावरण को पॉजिटिव
बनाना चाहिये। खुशी, खुशी से ही

हासिल होती है।
खुशी के लिए वास्तविक खुशी होनी भी चाहिये। दिखनी भी चाहिये। मन तो एक रिसीवर है, जैसा उसे मिलेगा वो उसे वैसा ही रिसीव करेगा।"
"तो ठीक है तुम्हें खुशबुओं का
अहसास कराता हूं। आओ।"
मैं उसे बच्चों की ड्रेस और खिलौनों की दुकान पर ले गया। दुकान में ज्यादा कस्टमर नहीं थे। सिर्फ एक लड़की थी जो खिलौने इत्यादि देख रही थी। हमने उसकी तरफ ध्यान नहीं दिया।
सुनिधि हैरान हुई–"अभी हम यहां क्यों आये हैं?"
"बच्चे के होने के बाद समय कहाँ मिलेगा?"
"तुम भी पागल हो आदि।
अभी हमें जब मालूम
ही नहीं है कि बेटा होगा या बेटी तो
हम कैसे क्या शॉपिंग करेंगे?"
"हमने उनके नाम भी तो रखे हैं कि नहीं?
वो सब तुम छोड़ो। हम दोनों के लिए
ड्रेस और खिलौने खरीदेंगे।
बेटी हो या बेटा।"
"अरे पर बेटा हुआ तो बेटी की शॉपिंग की
और बेटी हुई तो बेटे की शॉपिंग की चीजें
बेकार चली जायेंगी।"
"अब इस नेगेटिवीटी को कौन क्रीयेट कर रहा है?"
"ओ.के. बाबा!"
मैं बेटे के लिए ड्रेस सलेक्ट करने लगा–"हां!
मेरे बेटे

स्मरण के लिए यह ठीक रहेगी।
कैसी है?"
"अच्छी है!" सुनिधि ने बेटी के लिए
सलेक्ट की–"और ये फ्रॉक?"
"बहुत सुंदर है। वो तुम्हारी तरह तो जरुर ही
होगी... परी ही लगेगी इसमें!"
"तुम भी ना! और ये डॉल?"
"हां! ले लो! पर मैं अपने बेटे के लिए ये टेडी बीयर
जरुर लूंगा।" मुझे वो टेडी दूर से ही भा गया था।
मैं उसे लाने आगे बढ़ गया।
लेकिन वहां एक संयोग
हुआ। उस लड़की ने भी तभी उसी टेडी पर
हाथ रखा जिसे मैं उठाने की कोशिश में था।
"हां! ये मुझे पसंद है।" उसने दुकानदार से कहा था।
"लेकिन...!" मैं भी उसे छोड़ने को तैयार ना
था–"इसे तो मैं पसंद कर चुका हूं।"
"लेकिन इसे पहले मैंने पसंद
किया है!" उसने मेरी तरफ
देखा। उसकी उम्र तेईस के आसपास थी।
वो खूबसूरत थी।
लेकिन मैं उसकी खूबसूरती से इम्प्रैस नहीं था।
सुनिधि के आगे वो पानी भरती थी।
"इसे पहले मैंने देखा था।" मैंने कहा।
"लेकिन इसे पहले मैंने उठाया था।" उस टेडी की
एक–एक टांग हम दोनों के हाथों में थी।
छोड़ने को कोई भी तैयार ना था।
"मैं इसे आपके उठाने से पहले ही पसंद कर

चुका था। मैं इसी के लिए इधर आया था।"
"हां! लेकिन आप जिद्द क्यों कर रहे हैं? ऐसा ही कोई दूसरा भी तो होगा?"
"ये बात मैं आपके लिए भी कहता हूं।"
"आप भी कमाल करते हैं। एक टेडी बीयर ही तो है!"
"आप भी तो कमाल करती हैं। एक टेडी बीयर ही तो है!" अजीब थी वो लड़की और उसकी जिद्द।
"मेरी एक फ्रेन्ड के बच्चे का बर्थडे है। मेरे पास दूसरा सलेक्ट करने का समय नहीं है। प्लीज!"
तब तक सुनिधि भी चौंक कर हमारी तरफ देखने लगी थी। लड़की की पीठ उसकी तरफ थी। सुनिधि हमारी तरफ बढ़ी–"क्या हो रहा है यहां? आदि! क्या हुआ?"
इसी के साथ लड़की सुनिधि की तरफ पलटी। दोनों ने एक–दूसरे की तरफ देखा और दोनों ही मारे खुशी के ऐसे चीख पड़ीं जैसे बरसों पुरानी मुलाकात हो।
"सुनिधि तू?"
"आकृति तू...यहां...दिल्ली में क्या कर रही है?"
दोनों ने एक–दूसरे को 'हग' किया।
मैं चकित सा खड़ा हुआ देख रहा था। कौन थी वो मेरी समझ से बाहर था।
"अभी दो दिन पहले ही तो यहां आई हूं। गुड़गांव में पोस्टिंग हुई है।"
"और तुझे तो पता था कि मैं यहीं हूं फिर

बताया क्यों नहीं?"

"फुर्सत मिलती तो बताती ना! सोचा था इस संडे अचानक तेरे सामने आकर तुझे सरप्राईज दूंगी। हैरान कर दूंगी। तुझे तो पता ही है कि मुझे सरप्राईज देने में कितना मजा आता है!"

"हां !" मैं मुस्कराया–"पर अभी तो तुम दोनों को ही सरप्राईज मिल गया।"

उसने मेरी तरफ देखा।

सुनिधि ने उसे मेरा परिचय दिया–"ये आदि हैं। मेरे हजबैंड!"

उसने शरारत से मेरी तरफ देखा–"यानी हमारे जीजाजी! आपसे यह मुलाकात भी खूब रही जीजाजी!"

"हां! लेकिन तुम मुझे आदि ही कहो। प्लीज! ये जीजाजी वीजाजी...बड़ा कुछ अटपटा सा लग रहा है। प्लीज! प्लीज! वी आर एज ऐ फ्रेंड्स!"

"ओ.के.! ओ.के.! आदि!

सुनिधि! तुम्हें तो

कोई ऐतराज नहीं है ना?''

"इसे क्यों ऐतराज होने लगा?

"भई पति का नाम लेने का अधिकार एक पत्नी ही दे सकती है किसी दूसरी हमउम्र लड़की को।"

"मुझे कोई ऐतराज नहीं है!"

मैंने टेडी बीयर को देख कर मुस्कराते हुए उससे कहा–"मेरे ख्याल में ये टेडी बीयर आप ही रख लें!"

"नहीं! इसे आप ही रख लें! मैं दूसरा ले लूंगी!"

"ओह! तो इसी के लिए लड़ाई हो रही थी?"

सुनिधि मुस्कराई।

"हां! पहले पता होता तो नहीं होती।"
"लेकिन आपको किसी बच्चे के बर्थडे पर जाना है?"
"हां! ठीक है। इसे मैं रख लेती हूं लेकिन आप को
दूसरा लाकर देने की जिम्मेदारी मेरी रही।
पर यह सब शॉपिंग हो किसके लिए रही है?"
आकृति शरारत भरे अंदाज में सुनिधि को मुस्करा कर
ऊपर से नीचे तक देखते हुए जैसे सब कुछ
समझ गई थी–"ओह! सब समझ गई!"
मैं पेमेंट के लिए चला गया।
काउन्टर पास ही था।
मैं वहां से भी उनकी बातें सुन रहा था।
सुनिधि कह रही थी–"पर तू यहाँ दिल्ली में
ठहरी कहाँ है?"
आकृति ने कहा–"अभी तो कम्पनी के गेस्ट हाउस में।
जल्दी ही रूम रेंट पर ले लूंगी।"
"मेरा घर एक ही शहर में होते हुए तू कहीं बाहर
रुकेगी? यह मैं नहीं होने दूंगी। तू अपना
सामान उठा और मेरे घर पहुंच।"
"हाँ! ये हमारा पता है!"
मैंने उसे अपना कार्ड दिया।
"लेकिन?"
"तू कब से लेकिन–वेकिन करने लगी? कुछ
लेकिन–वेकिन नहीं।
जो कहा है वो कर।
बल्कि मैं तो कहूंगी कि तू बहुत सही वक्त पर
आई है। मुझे...!" उसने मुस्करा कर अपने पेट पर
हाथ फेरा–"...तेरी हेल्प की जरूरत पड़ने भी वाली है।"

"अगर ये बात है तो फिर ठीक है। मैं अपना
सामान लेकर पहुंचती हूं तेरे यहां शाम को!
बाय!" वो चली गई।
सुनिधि ने जाते–जाते उसे फिर से याद
कराया–"मैं इंतजार करती हूं तेरा।"
बच्चे के आने की खबर की खुशी से
मेरी एक्साईटमेन्ट बढ़ गई थी।
उस रात बेडरूम में मुझे सुनिधि ने
बताया वह सीक्रेट, जिसे डॉक्टर निधि ने मुझे
बताने से मना कर दिया था
और सुनिधि से बताने
को कहते समय मुस्करा रही थी।
"तुम्हें कुछ दिन पेशेंस रखना होगा!"
सुनिधि ने शरारत भरी मुस्कान के साथ कहा।
"कैसा पेशेंस भई?" मैं उसके बालों की
लट से खेल रहा था।
"डोंट टच माई बॉडी! समझे!"
उसने करवट ली।
"अरे यह मेरी भी तो है!!" मैंने उसके
कंधों को पकड़ा हुआ था।
"हां! लेकिन अभी नहीं!
फिलहाल कंट्रोल!!"
"कंट्रोल? क्यों भई?"
मेरे होंठ उसकी पीठ को
छू रहे थे। आंखें मदहोशी से बंद थीं।
उसने कसमसा कर अपनी पीठ
मेरे होंठों की हद से दूर कर दी।

निश्चित ही वो मुस्करा रही थी।
मैंने उसका कंधा पकड़ कर जबरदस्ती
उसे बिस्तर पर गिरा दिया।
वो खिलखिला कर पलट गई।
मैं अपना एक बाजू उसकी
गर्दन के नीचे से लाकर
उसे अपनी बांह के शिकंजे में जकड़ चुका था
उसके खुले बाल मुझे जैसे इनवाईट
से करते हुए
तकिये के आसपास
फैले हुए थे
मैं उसके चेहरे पर झुका हुआ था
"अभी दो हफ्ते ही तो हुए हैं शादी को...
और तुम कंट्रोल करने को कह रही हो?"
"कंट्रोल तो पहले करना चाहिए था।
पहली रात में!
जरा भी 'प्री–कॉशन' नहीं लिया!!
अब डॉक्टर ने कहा है तो सब्र करना पड़ेगा।"
"लेकिन कब तक?" मेरे होंठ उसके
होंठों को छूने को बेताब हो रहे थे।
वो मुझे पीछे धकेल रही थी।
"कम से कम तीन महीने तक!!"
"एक पल नहीं रुका जा रहा और तुम
तीन महीने तक...!!"
मेरी सांसें तेज हो रही थी।
"अब जरूरी है!!"
उसने मुझे पीछे धकेल दिया।

वो जानती थी कि बड़ी आग की शुरुआत
एक छोटी चिंगारी से ही होती है
वो मुझे चिंगारी पर ही रोकने पर आमादा थी
मैंने थोड़ी जबरदस्ती करना चाही।
मैं उसे बांहों में भींच लेने को पागल हो रहा था
"पागल हो गये हो क्या?"
वो तिलमिला गई।
"ऐसे में यह सब नहीं हो सकता।
कुछ इन्तजार करना पड़ेगा।
समझो!"
मैं गुस्सा हो गया।
उसकी दो हफ्ते की प्रेगनेंसी ने मेरे प्यार की
पोल खोल दी थी।
मैं तकिया लेकर दूसरे कमरे में चला गया
"आदि! रुको! आदि!" वो मुझे पुकारती रही।
मैं नहीं रुका!
यह चाहत वास्तव में है क्या?
शरीर की चाहत प्यार है या प्यार के
कारण शरीर की चाहत है
मैं फिलहाल यही समझ रहा था कि
शरीर की चाहत ही प्यार है
क्योंकि उस पल तो
मैं उसे पाना चाहता था
सुनिधि के शरीर को
मुझे नहीं पता था कि वो प्यार है
या क्या है
उन कुछ पलों में मेरे अंदर से

प्यार चला गया था
मैंने यही सोचा था कि इस समय मन
शरीर चाह रहा है तो वो
उसे क्यों नहीं मिल रहा?
और मैं तो प्यार के बारे में ही सोच रहा था
प्यार और क्या है?
अगर मुझे उसे छूने से प्यार का
अहसास हो रहा है
तो फिर वही है ना प्यार
कोई क्यों उसमें रुकावटें खड़ी करे??
मैं सचमुच बिफर गया था
गलती पर था पर बिफर गया था
मुझे तीन महीने वो सजा भुगतनी पड़ी
वो तीन महीने मेरे लिए
'टॉर्चर' की तरह थे
लेकिन समय बीत गया
मन को समझा लिया
फिर!!
उस रात!
उसका सिर बिस्तर पर फैले हुए...
मेरे बाजू पर था।
वो मेरे और पास खिसक गई थी
मैं समझ चुका था कि...
मेरी यातनाओं का पीरियड...
अब खत्म हो चुका है!!
उसने पूछा–"प्यार और शरीर की चाहत में...
तुम किसे पहले मानते हो?

"मतलब प्यार के कारण शरीर की चाहत है
या शरीर की चाहत के कारण प्यार है?"
मैंने अपनी ही झोंक में कहा—"प्यार के
कारण शरीर की चाहत है!!"
मैं कोई गलत जवाब देकर फिर से उसकी
नाराजगी मोल नहीं लेना चाहता था!!
लेकिन मेरे जवाब में कोई चूक थी!
वो पक्का...
उसके जवाब से मैच नहीं करता था!
"तो फिर...!" उसने आगे कहा—"तीन महीने तक
तुम्हारी नाराजगी की वजह क्या थी?"
मैं खामोश रहा।
सोच रहा था कि क्या कहूँ?
मैं जानता था कि जवाब सटीक नहीं था मेरा!!
उसने इस पॉइंट को पकड़ना ही था!
"अगर प्यार के कारण
शरीर की चाहत होती तो तुम
प्यार को हमारे बीच से कभी खत्म
नहीं होने देते! तुम तीन महीने मुझसे नाराज
ना हुए होते! सोचो! सही जवाब दो!!"
"मैं गलत बोल गया!" मैंने कहा—"मुझे लगा तुम कहीं
मेरे जवाब से
नाराज ना हो जाओ!"
"जो दिल में हो वो नहीं बोलोगे तो
सही बोलने की आदत नहीं रहेगी!"
"सच तो यह है कि शरीर की चाहत!
मुझे लगता है शरीर की चाहत गलत है!

शरीर की चाहत के कारण प्यार है!!"
"डिफाइन कर सकते हो कैसे?"
"देखो! गैस का चूल्हा देखा है?"
"हां!!"
"जब खाना बनाने की जरूरत होती है तो
उसकी 'नॉब' को 'ऑन' किया जाता है!"
वो सुन रही थी!!
"नॉब को ऑन करते ही गैस
बर्नर में रिलीज होती है!!
फिर तीली दिखाते ही उसमें आग लग जाती है!!
यहां ध्यान देने की बात यह है कि...
आग बर्नर में पहले से नहीं होती...
पहले से बर्नर में गैस होती है...
बर्नर में गैस का होना इस बात की
गारंटी नहीं है कि आग लगेगी!!
आग तभी लगेगी जब भूख लगेगी...
और खाना बनाने की इच्छा होगी!"
"यानी तुम कहना चाहते हो कि बर्नर में
गैस की तरह प्यार दो लोगों के बीच
हमेशा होता है
लेकिन जब तक शरीर की चाहत बीच में
नहीं आयेगी तब तक वो एक्टिव नहीं होगा??"
"हां! सीधी सी बात है...
खाना बनने के बाद नॉब बंद कर दी जाती है...
बर्नर में आग बुझ जाती है!
फिर बर्नर में कितनी भी गैस हो...
किसी काम की नहीं!"

"यानी प्यार से शरीर की चाहत की भावना
पैदा नहीं होती, शरीर की चाहत से
प्यार की होती है!!"
"जी हां! मैं तो कहता हूं कि
शरीर की चाहत के बिना
प्यार है ही नहीं!"
सेक्स नहीं रहता तो प्यार भी नहीं रहता!!
हां! टूटे–फूटे रिलेशन रह सकते हैं!
या उनमें रहने की मजबूरियां!"
"लेकिन किसी कपल में अगर ऐसे रिलेशन...
नहीं है तो प्यार तो वहां भी होता है!!"
"वैसा रिलेशन नहीं है
तो वहां वैसे रिलेशन की...
इच्छा या भावना जरुर होती है!!
चाहे कोई इसे जाहिर करे या ना करे!!"
"यानी तुम्हारे हिसाब से अगर शरीर की
चाहत बीच में नहीं है...
तो प्यार भी नहीं होगा!!"
"मैं तो यही समझता हूं!!"
जो समझ रहा था, महसूस कर रहा था..
उसे बता दिया!!
ये तो पर्सनल थॉट्स हैं...
विचार की बातें हैं...
विचार किसी के कुछ भी हो सकते हैं!!
उसकी निगाहों में...
सही था या गलत...यह मैं नहीं जानता था।
आखिर!!

वो समय आ गया था जिसका बेसब्री से
इन्तजार था।
सुनिधि 'पेन' से थी।
मैं डॉक्टर निधि को फोन मिला रहा था।
डॉक्टर निधि मुझे फोन पर ही
इंस्ट्रक्शन दे रही थी।
आकृति सुनिधि को सम्भाले थी। उसने बहुत
मदद की थी इसी बीच।
मैं नर्वस था—"यस डॉक्टर! ठीक है डॉक्टर!
म... मैं ऐसा ही करता हूं।
थैंक्यू डॉक्टर!
थैंक्यू वैरी मच!"
मैंने फोन डिस्कनेक्ट किया
और दर्द को बर्दाश्त
करने की कोशिश करती
सुनिधि की तरफ बढ़ा—"मेरी
डॉक्टर से बात हो गई है सुनिधि।
तुम्हें फौरन अस्पताल ले जाना होगा।
मैंने कैब मंगा ली है।
वो आती ही होगी। तब तक मैं थोड़ी
तैयारी कर लूं।
हम थोड़ी ही देर में अस्पताल पहुँच जायेंगे।"
बेटा हुआ था हमारा!
स्मरण!
यही नाम रखा था मैंने
उसका। डॉक्टर ने हमें जच्चा—बच्चा दोनों के
ठीक होने की खबर दी थी।

लेकिन!
मैं...!
एक सवाल था! दिमाग उसे कुरेद रहा था।
मैंने पूछ ही लिया था डॉक्टर से–"लेकिन
डॉक्टर...वो स्ट्रेच मार्क्स?"
डॉक्टर ने सामान्य स्वर में कहा–"डिलीवरी के बाद
ये सब नॉर्मल सी बातें हैं मिस्टर आदि।
वक्त के
साथ–साथ ये निशान अपने आप चले जाते हैं।"
लेकिन निशान नहीं गये।
हम!!
कोर्ट में चले गये!
कोर्ट में सुनिधि अपनी बात को जोरदार ढंग से रख
रही थी–"वकील साहब का कहना
ठीक है कि मेरे पति
आदि चोपड़ा ने मुझसे डाइवोर्स के लिए केस
दायर किया है लेकिन तलाक की वजह वो नहीं है
जो वकील साहब ने बयान की है।
मैं किसी बदले
की भावना से प्रेरित होकर ऐसा नहीं कह रही हूं।
यह कठोर सच है मीलॉर्ड कि रेप हुआ है।"
जज समझने की कोशिश कर रही थी–"अदालत समझ
नहीं पा रही है। आप अदालत को साफ–साफ बताएं
कि आप क्या कहना चाहती हैं?"
सुनिधि ने कहा–"हमारे बेटे
स्मरण के पैदा होने के
बाद मेरे पेट पर स्ट्रेच मार्क्स बन गये थे।

मैं थोड़ा मोटी हो गई थी
जो कि बच्चा होने के बाद
स्वाभाविक सा है। आदि के मेरे बारे में विचार
बदल रहे थे।
उसका प्यार गायब हो रहा था।
उसका वह प्यार शादी से पहले जिसके वो दावे
करता था स्ट्रेच मार्क्स के कारण तनाव से
गुजर रहा था। मेरा साड़ी पहनना अब उसे
अच्छा नहीं लगता था क्योंकि साड़ी में
वो स्ट्रेच मार्क्स दिखाई पड़ते थे।
उसे नाभि मंडल की सुन्दरता
अब वहां नहीं दिखाई पड़ती थी क्योंकि
उसे अब मुझे ढक कर रखना पड़ता था
उसे मुझे अपने साथ पार्टी वगैरह में ले जाने में
शर्म महसूस होती थी।
फिर एक दिन उसने
मुझे बताया कि वो मुझसे तलाक चाहता है।
तलाक की वजह जानकर
मैं हक्की–बक्की रह
गई। क्योंकि मेरे पेट पर स्ट्रेच मार्क्स बन गये थे
ये वजह थी तलाक की।
यदि तलाक की यह वजह
सही है तो मुझे अपने औरत होने पर शर्म आती है।
एक पति को अपनी पत्नी के पेट पर बने हुए
दाग दिखाई पड़े लेकिन उसका प्यार
उसका त्याग उसे दिखाई नहीं पड़े?
मां बनना तो एक औरत का सौभाग्य होता है।

पेट पर अगर कुछ निशान रह गये तो वो तो
सौभाग्य की ही निशानी हुए।
मैंने किसके परिवार
को आगे बढ़ाया था? किसका वंश आगे
बढ़ा था? वो ये बात भूल रहा था।
मैं आप सब से पूछना चाहती हूं कि क्या
एक 'औरत' एक 'पुरुष' के
मनोरंजन की 'चीज' भर है?
क्या वो एक 'चीज' की तरह केवल 'इस्तेमाल'
की जा सकती है?
उसके नाभि मंडल में,
उसके कर्वज में सुन्दरता ढूंढने वाले
उसके खुले बालों से मेस्मेराईज होते पुरुष?
क्या एक औरत का शरीर ही
उसकी खूबसूरती है?
क्या वो एक पुरुष की ऐयाशियों का सामान है?
अपने पुरुष पार्टनर के लिए एक औरत की
अपनी
'फीलिंग्स' की कोई कीमत नहीं?
मैंने अक्सर पुरुषों के बारे में सुना है
वो अपनी पत्नियों से कटने लगते हैं
कुछ ऐसा शो करते हैं
कुछ नहीं!!
क्योंकि उन्हें उनके पेट पर दाग दिखते हैं!
स्ट्रैच मार्क्स!!
उनकी आंखें दूसरी लड़कियों में वह सौन्दर्य
ढूंढने लगती हैं जो उन्हें अब

अपनी पत्नियों में नहीं दिखता।
अक्सर पति शिकायतें करते हैं कि
अब उन्हें अपनी पत्नी में
वो 'मजा' नहीं आता।
मैं ऐसे पुरुषों को समझाना चाहती हूं कि
पत्नी मजे का सामान नहीं है!
मैंने अक्सर देखा और सुना है कि
कुछ लड़के चाहते हैं कि
शादी के नौ महीने बाद ही
उनकी पत्नी मां बन जाए।
इसके पीछे की मानसिकता
बड़ी बेरहम है।
खुद को मर्द साबित करना!!
पत्नी जिस्म दिखाने वाली वेश्या नहीं है!
शादी का रिश्ता एक जिम्मेदारी है।
एक कर्तव्य है।
पति–पत्नी दोनों के लिए!
अगर एक औरत दर्द सह कर भी
एक पुरुष को बाप बनने का
गौरव प्रदान करती है तो
क्या ये उसका कर्तव्य नहीं...
...बल्कि उसकी भूल है?
यदि ऐसा है तो औरत क्यों पुरुष को बाप
बनने का गौरव प्रदान करती है?
क्यों
उसके वंश को आगे बढ़ाती है?
क्यों

अपनी खूबसूरती पर दाग लगने देती है?
क्यों
मां बनने की पीड़ा से गुजरती है?
स्मरण अकेले मेरा बेटा नहीं।
वो हम दोनों का बेटा
है मीलॉर्ड।
मेरा और आदि का।
और ये हमारे मनोरंजन की नहीं,
हमारे प्यार की निशानी है।
आज आदि को तलाक चाहिए
क्योंकि उसे एक
और पत्नी चाहिए।
नहीं।
पत्नी नहीं, उसे एक जिस्म चाहिए।
एक खूबसूरत जिस्म।
उसे वास्तव में एक पत्नी
नहीं एक औरत चाहिए।
मैं पूछना चाहती हूं
कि मेरा कसूर क्या है?
मेरे बेटे का क्या कसूर है?
मैंने तो आदि से प्यार किया है।
आदि मुझसे
तलाक लेना चाहता है मैं तो नहीं।
मैं तो उसके
बिना अपने जीवन की कल्पना भी नहीं
कर सकती थी...
आज वो मुझसे तलाक लेना

चाहता है तो क्या
मैं पूछ सकती हूं कि आज तक
पति के रूप में उसने जो पल मेरे साथ
बिताये वो क्या थे?
एक औरत का इस्तेमाल या एक पति का
अपनी पत्नी के प्रति उसका प्यार?
यदि यह प्यार है तो फिर तलाक क्यों?
अगर ये एक औरत का इस्तेमाल है
तो फिर उसे
उस औरत का इस्तेमाल करने की
इजाजत किसने दी?
क्या उसने उस औरत से इसकी इजाजत ली थी?
या फिर पत्नी की आढ़ लेकर
वो
एक औरत के
जज्बातों से खेलता रहा?
उसकी भावनाओं को
तार–तार करता रहा?
यदि एक औरत की मर्जी के अपोजिट कोई पुरुष
उसके साथ एक पल भी बिताता है तो
वो रेप है मीलॉर्ड!
लेकिन आदि नाम के इस शख्स ने तो
रोजाना उसका इस्तेमाल किया।
पत्नी जिसे पति समझ कर अपना सर्वस्व
उस पर कुर्बान करती रही वो तो
पति था ही नहीं।
वो तो पति का मुखौटा चढ़ाये

एक गैर पुरुष था।
मैंने रक्तबीज नाम के राक्षस के बारे में सुना था
मीलॉर्ड जिसके खून की एक बूँद से
कई–कई और राक्षस पैदा हो जाते थे।
ये इंसान नहीं मीलॉर्ड!"
मैं कटघरे में था।
उसने मुझ पर ऊँगली उठाई–"ये रक्तबीज है,
ये मुकदमा नहीं,
इसके रक्त की वो विषैली बूँदें हैं
जिनसे फिर 'एक' नहीं,
कई और राक्षस पैदा होंगे।
कई और पुरुष औरत को इस्तेमाल की वस्तु के
रूप में देखेंगे।
उनमें से पत्नी तत्व गायब हो जायेगा।
औरत तत्व बचेगा।
औरत बार–बार रेप की
शिकार होगी।
शादी के नाम पर ठगी जायेगी।
पुरुष उसकी खूबसूरती का फायदा उठाएगा और
जब उसके शरीर पर स्ट्रेच मार्क्स जैसे
दाग पैदा होंगे तो उससे तलाक लेकर दूसरी
शादी करेगा क्योंकि खूबसूरती के जिस्म पर
उसे दाग बर्दाश्त नहीं।
रेप एक लड़की को शारीरिक...मानसिक रूप से
तोड़ देता है और मेरे अंदर भी अब कुछ
साबुत नहीं बचा है।
नहीं बचा है मीलॉर्ड।"

वो फूट–फूट कर रो रही थी।
अदालत में सन्नाटा था।
अदालत में कहां चलनी थीं उसकी दलीलें!
मैं खुश था।
आज फिर से मेरा कक्ष सजा हुआ था।
वहां दुल्हन के रूप में आकृति बैठी हुई थी।
दूल्हा मैं था।
मैं पागलों की तरह अपनी विजय पर
अट्टहास लगा रहा था–"वो पागल समझती थी कि
अदालत उसकी भावनाओं से भरी बातों में आकर
उसके रेप के आरोप को सही मान लेगी।
हाहाहा!
बिलकुल पागल थी सुनिधि।
अदालत ने मेरी अर्जी को मंजूर कर लिया।
मेरा सुनिधि से तलाक हो गया।
और अब तुम मेरी
दुल्हन हो।
मैंने तो तुम्हें पहली नजर में ही पसंद
कर लिया था। तुम वाकई सिर से पैर
तक खूबसूरत हो आकृति।"
मैंने उसे छूने की कोशिश की।
लेकिन अब जो हुआ वो मेरी उम्मीदों
के एकदम उल्टा था।
वो गुर्रा पड़ी–"खबरदार आदि!
मुझे हाथ मत लगाना।"
मैं हैरान था–"क्या कह रही हो?
हमारी शादी हो चुकी है?

हमारी रजामंदी से हुई है!"
आकृति के चेहरे पर भरपूर
नफरत थी–"जब तुमने
सुनिधि से तलाक की बात और
मुझसे शादी का
प्रपोजल किया था तो मैं उस
वक्त चुप रही थी।
मैं हैरान थी कि
तुम ऐसा कैसे कर सकते हो।
कोई भी मर्द ऐसा कैसे कर सकता है।
लेकिन तुम
तो तलाक लेने पर उतारू थे।
मैं जानती थी कि
तुम्हें तलाक मिल भी जाएगा क्योंकि अदालत
भावनाओं की
दलीलों को नहीं मानती। तब मैंने
तुमसे शादी का फैसला किया
लेकिन सिर्फ
इसलिए ताकि तुम्हें तुम्हारी
औकात बता सकूं।
तुम जैसे एक इंसान को उसकी
औकात बता सकूं।
आज तुम मुझे छुओगे तो कल
मैं भी उन पलों
से होकर गुजरूंगी जिनसे सुनिधि होकर गुजरी।
मुझे भी स्ट्रेच मार्क्स होंगे।
फिर तुम मुझे भी

तलाक दोगे।
नहीं!
मैं तुम्हें कभी खुद को छूने
नहीं दूंगी। यही तुम्हारी सजा है।
मैं सोसायटी में इस रक्तबीज
को फैलने नहीं दूंगी।"
main hkka-bkka sa बुत सा बना खड़ा था।
schmuch meri ankhen khoobsoorti
को देखना चाहती थीं।
खूबसूरती को भोगना चाहती थीं।
wo meri Flower girl thi...
हमेशा के लिए थी।
लेकिन!
main bhool gya tha ki...उसकी
खूबसूरती मेरे और उसके
प्यार से ही थी।
मैंने उसकी नाभि में खूबसूरती को ढूंढा
मैंने उसके कर्व्ज में खूबसूरती को ढूंढा
मैंने उसके खुले बालों में खूबसूरती को ढूंढा
जहां ढूंढना था वहीं नहीं ढूंढा
मैंने 'प्यार' की जगह...जिस्म की
खूबसूरती को दे दी थी।
मैंने सचमुच अपने गुलाब को...
अपनी फ्लॉवर गर्ल को..
किताब के
ऐसे पन्ने में रख दिया था

जहां वो कुम्हला गई थी।
सूख गई थी।
उसने मुझसे प्यार किया
लेकिन!!
main uske pyaar ke laayk nhin tha !
कहां था??
मैं सचमुच उसके प्यार के लायक नहीं था।
सच तो यह है कि
जब उसे पहली बार देखा था तो
मैं उसकी खूबसूरती से impress हुआ था।
खूबसूरती नहीं रही,
वो भी नहीं रही।
यह प्यार ही नहीं था।
प्यार होता तो उसके जिस्म की खूबसूरती
एक और लड़की में नहीं ढूंढता।
कुछ रिश्ते प्यार के
भ्रम से भी शुरू होते हैं
प्यार नहीं होता
सिर्फ भ्रम ही होता है
प्यार होने का भ्रम!!
और हम धोखा खा जाते हैं
wo thik kehti thi ।
मैं रक्तबीज हूं
मुझे प्यार करने का कोई हक नहीं था।
अदालत में उसके साथ इन्साफ नहीं हुआ।
मुझे वही सजा मिलनी चाहिए थी जो
एक रेपिस्ट को मिलती है

मैंने किस अधिकार से उसके
शरीर को छुआ था?
पति के अधिकार से तो
फिर किस अधिकार से तलाक मांगा था?
वकील ने इसी बात को तलाक
का मुददा बनाया था
और मैंने भी उसकी हां में हां मिलाई थी
कि
वो एक पति के प्रति पत्नी का
फर्ज नहीं निभा रही थी
मेरे वकील ने उस पर आरोप लगाये थे कि
वो मेरी शारीरिक जरूरतों को
पूरा नहीं कर पा रही
उस वक्त कटघरे में खड़ी सुनिधि के आंसुओं
को देख कर मैं बेशर्मों की तरह हंस रहा था।
मैंने उसे अपने मासूम बच्चे के साथ
अकेली छोड़ दिया।
मैं पति कहलाने के लायक नहीं
मैं बाप कहलाने के लायक नहीं।
अरे!
मैं तो
इंसान भी कहलाने के लायक नहीं!
मैं दुत्कारे जाने की चीज हूं।
मैं थूके जाने की चीज हूं।
प्यार उस गुलाब की तरह नहीं है
जो जब तक खिला हुआ है उसे अपने कोट
पर टांक कर रखा जाता है

और फिर किसी डस्टबिन के
हवाले कर दिया जाता है
इस बात का अहसास मुझे आकृति ने
अच्छी तरह से करवा दया था
'इंसान' और एक 'कुते' में कुछ
तो फर्क होना चाहिए
जो
गली–गली मुंह मारता है!
रिश्तों की नींव तो प्यार से ही मजबूत
हो सकती है!
वक्त के साथ
'खूबसूरती' तो 'झुर्रियों' में बदल जायेगी
तब!!
यही प्यार तो होगा जो
दो लोगों को जिन्दा रखेगा...
एक–दूसरे के लिए!
आज मैं जेल में नहीं हूं
लेकिन सजा भुगत रहा हूं
आजीवन सजा!!
मैं फोर्टी प्लस नहीं हूं
मैं अट्ठाईस का हूं!
अपने बेटे स्मरण को गोद
में उठाना चाहता हूं
सुनिधि की गोद में सर रख
कर सोना चाहता हूं
लेकिन
पानी बांध तोड़ कर निकल जाए

तो वापस नहीं आता
बांध को बनाये रखने की
जिम्मेदारी हमारी है।
अब ये रिश्ते हासिल भी हो जायें तो भी
मैं ऐसा नहीं कर सकता,
प्यार और रिश्तों की डोर
मैंने तोड़ी थी।
आज पांच साल बीत गये।
कभी–कभी हम जिन्दगी से
शिकायत करते हैं
कि
हमें कुछ नहीं मिला है
या मिला भी है तो उतना नहीं मिला
मैं जान गया हूं कि
जिन्दगी तो देती है।
और दोनों हाथों से देती है।
हम ही नहीं ले पाते
हमें उससे और
ज्यादा की ख्वाहिश होती है!!
और ज्यादा की ख्वाहिशें
हमसे वो मिला हुआ भी
छीन लेती हैं।
जिन्दगी हर पल में होती है
जिन्दगी को...
पलों में से खींच लेना चाहिए।
खींच लेना आना चाहिए।
सुनिधि मेरी जिन्दगी में

जिन्दगी बन कर ही आई थी
लेकिन
मैंने जिन्दगी को दूर कर दिया
इसे कहते हैं सांसें नोंच कर फेंक देना
सांसों को नोंच कर फेंकने से जिस्म
घायल नहीं होते
मर जाते हैं!!
और ऐसे मर जाते हैं कि
रूहें सजा भुगतने के लिए रह जाती हैं
मुझे सजा मिलनी चाहिए थी।
अदालत ने नहीं दी लेकिन,
मैं खुद दूंगा खुद को सजा
मैंने उसे अकेली किया है
मैं सारी जिन्दगी अकेले गुजार दूंगा ।
वो तो मेरी गलतियों को
हर बार
माफ ही करती रही
लेकिन अब मैं अपने आप को
कभी माफ नहीं करूंगा
हां! यह जरुर चाहता हूं कि
कोई मुझे वैसे ही सुनिधि की तरह
प्यार करे
और फिर
वैसे ही मुझे छोड़ जाए
जैसे मैंने उसे छोड़ा था।
मैं अपना सर दीवारों पर
पटक–पटक कर रोऊँ!

लेकिन मेरे कंधों पर हाथ रखने वाला
न हो!
तुम यह सब पढ़ रही हो ना सिमरन?
इस स्टोरी को अपने रेडियो पर सुनाओ!
मैं लाखों लिस्नर्स की 'हेट' चाहता हूं
मुझे नफरत से सुनो!!
मुझे नफरत से देखो!!
I hate myself!!!
I hate myself!!!
or agr koi is bar bhi apki glti ko
maaf karna chahe to...??
k---koun ho tum?
aapki Flower girl...Sunidhi...!!
"नहीं!!"
"तलाक के कुछ महीने बाद मैंने रेडियो पर
जॉब कर ली थी!
एक नई पहचान के साथ!!
एक नये नाम के साथ!!
जब आपने फ्लॉवर गर्ल का
नाम लिया...
तभी पहचान गई थी!!
लेकिन सुनना चाहती थी कि
मेरे बिना...स्मरण के बिना...
आज आप कैसा महसूस करते हो?
इसलिए पूरी कहानी सुन गई!!
मेरा काम भी था!!
मैं अब भी

आपकी गलतियों को माफ कर सकती हूं!
क्योंकि
मैंने तो आपसे प्यार किया था!!
सजा दिलवाने की मेरी कोशिश
उस
पुरुष के लिए थी जिसने...
मेरे तन को छुआ था!!!
मेरी इजाजत के बिना!!
उस पुरुष के लिए जो शरीर से शुरू करके
प्यार तक पहुंचने की चाहत रखता था!!
प्यार प्यार से शुरू हो कर
प्यार पर ही खत्म होना चाहिए!!
एक लड़की तो अपने प्यार के लिए
अपना सर्वस्व अपने प्रेमी को
यूं भी सौंप ही देती है!!
"नहीं! अब नहीं!!
'आदि' तो 'आरम्भ' होता है...
beggning...
जो तुमने मुझे दिया...
मैं अब "आदि" नहीं रहा...
"अंत" हो चुका हूं!!"

समाप्त !!!!